国粹文丛

古 耜 \ 主编

戏台春秋

乔忠延 \ 著

中国言实出版社

图书在版编目（CIP）数据

戏台春秋 / 乔忠延著 . -- 北京：中国言实出版社，
2018.11
（国粹文丛 / 古耜主编）
ISBN 978-7-5171-2920-2

Ⅰ . ①戏… Ⅱ . ①乔… Ⅲ . ①散文集－中国－当代
Ⅳ . ① I267

中国版本图书馆 CIP 数据核字（2018）第 207392 号

出 版 人：王昕朋
总 监 制：朱艳华
责任编辑：严　实
文字编辑：赵　歌
责任校对：张　强
出版统筹：冯素丽
责任印制：佟贵兆
封面设计：杰瑞设计

出版发行　中国言实出版社
　　　地　址：北京市朝阳区北苑路 180 号加利大厦 5 号楼 105 室
　　　邮　编：100101
　　　编辑部：北京市海淀区北太平庄路甲 1 号
　　　邮　编：100088
　　　电　话：64924853（总编室）　64924716（发行部）
　　　网　址：www.zgyscbs.cn
　　　E-mail：zgyscbs@263.net
经　　销　新华书店
印　　刷　北京温林源印刷有限公司
版　　次　2019 年 5 月第 1 版　2019 年 5 月第 1 次印刷
规　　格　710 毫米 ×1000 毫米　1/16　11.75 印张
字　　数　155 千字
定　　价　68.00 元　ISBN 978-7-5171-2920-2

活着的传统　身边的国粹

——国粹文丛总序

古　耕

在实现中华崛起、民族复兴的伟大历史进程中，文化自信至关重要。而若要问：文化自信"信"什么，哪里来？这就不能不涉及优秀的中国传统文化——对于国人而言，优秀的传统文化既是孕育文化自信的沃土，又是支撑文化自信的基石。唯其如此，我们说：从中国历史的特定情境出发，坚守中国文化立场，赓续中国文化血脉，弘扬中国文化风范，重建中国文化传统，是历史的嘱托，也是时代的呼唤。

怎样才能把优秀的传统文化发扬光大，使其重新进入国人的精神生活与社会实践？围绕这个大题目，一些专家学者发表了很有建设性的意见。譬如刘梦溪先生在一次演讲中就郑重指出："传统的重建，有三条途径非常重要：一是经典文本的研读；二是文化典范的熏陶；三是文化礼仪的训练。"（《文学报》2010年4月8日）应当承认，刘先生的观点高屋建瓴而又切中肯綮。事实上，近年来中国传统文化在全社会的强势回归与有效传播，也主要是从这三个方面展开的。

在刘先生所指出的三条路径中，所谓"经典文本研读"，自然是指对承载着传统文化基本精神与核心理念的经典著作进行研究和解读。这方面的工作以学术界为主体，着重在"知"的层面展开，其系统梳理和准确诠释固然必不可少，但更重要的恐怕还是立足于时代的高度，扬长避短，推陈出新，最终实现传统文化的创造性转化和创新性发展。而所谓"文化礼仪训练"，则包含对人，尤其是对青年一代进行思想、伦理、道德教育的内容，因而涉及学校、家庭、社会等多个领域，并更多联系着"行"——付诸实践，规范行为的因素。《论语·泰伯》曰："兴于诗，立于礼，成于乐。"意思是说，达"礼"行"礼"是人在社会上安身立命的根本和标志。孔子所言之"礼"与今日所兴之"礼"，固然有着本质不同，但圣人对礼的高度重视和反复强调，却依旧值得我们作"抽象继承"（冯友兰语）。

相对于"经典文本研读"和"文化礼仪训练"，刘先生所强调的"文化典范熏陶"，显然是一项"知"与"行"相结合的大工程。毫无疑问，在通常情况下，"文化典范"自然包括先贤佳制、经典文本，只是在刘先生演讲的特定语境和具体思路中，它应当重点指那些有物体、有形态，可直观、可触摸的优秀文化遗存。如古建筑、古村落、著名的人文胜迹、杰出的历史人物，还有艺术层面的书法、国画、戏剧、民歌、民间工艺，器物层面的"四大发明"，以及青铜、陶瓷、漆器、丝绸、茶叶、中药，等等。如果这样理解并无不妥，那么可以断言，刘先生所说的"文化典范"在许多方面同非物质文化遗产有交集、有重合，就其整体而言，则属于一种依然活着的传统，是日常生活里可遇可见的国粹。显而易见，这类文化遗产因自身的美妙、鲜活、具体和富有质感，而别有一种吸引力、亲和力与感染力。将它们总结盘点，阐扬光大，自然有益于现代人在潜移默化中走近传统文化，加深对它的理解，提高对它的认识，增强对它的感情，进而将其融入生活和生命，化作内在的、自觉的价值遵循。这应当是"典范熏陶"的优势和力量所在。

正是基于以上体认，笔者产生了一种想法：把自己较为熟悉和了解的当下散文创作同文化典范熏陶工作嫁接起来，策划组织一套由优秀作家参与、以艺术和器物层面的"文化典范"为审视和表现对象的原创性散文丛书，以此助力传统文化的重建与发展。这一想法很快得到中国言实出版社社长、实力小说家王昕朋先生的积极认同。在他的鼎力支持和热情推动下，一套视野开阔、取材多样、内容充实的"国粹文丛"，顺利地摆在读者面前。

"国粹文丛"包含十位名家的十部佳作，即：瓜田的《字林拾趣》，初国卿的《瓷寓乡愁》，乔忠延的《戏台春秋》，王祥夫的《画魂书韵》，吴克敬的《触摸青铜》，刘华的《大地脸谱》，刘洁的《戏里乾坤》，马力的《风雅楼庭》，谢宗玉的《草木童心》，张瑞田的《砚边人文》。

以上十位作家尽管有着年龄与代际的差异，但每一位都称得上是笔墨稔熟、著述颇丰的文苑宿将，其中不乏国内重要奖项的获得者。长期以来，他们立足不尽相同的体裁或题材领域，驱动各自不同的文心、才情与风格、手法，大胆探索，孜孜以求，其粲然可观的创作成绩，充分显示出一种植根生活，认知历史，把握现实，并将这一切审美化、艺术化的能力。这无疑为"国粹文丛"提供了作家资质上的保证。

值得特别指出的是，这十位作家不仅是文学创作的行家里手，而且大都有着相当专注的个人雅爱，乃至堪称精深的专业修养和艺术造诣。如王祥夫是享誉艺苑的画家、书法家；张瑞田是广有影响的书法鉴赏家和书法家；吴克敬是登堂入室的书法家，也是有经验的青铜器研究者；初国卿常年致力于文化研究与文物收藏，尤其熟悉陶瓷历史，被誉为国内"浅绛彩瓷收藏与研究的标志性人物"；刘华多年从事民间艺术和民风民俗的田野调查与理论探照，不仅多有材料发现，而且屡有著述积累；马力一生结缘旅游媒体，名楼胜迹的万千气象，既是胸中丘壑，又是笔端风采；乔忠延对历史和文物颇多关注，而在戏剧和戏台方面造诣尤深，曾有为关汉卿作传和遍访晋地古戏台的经历；瓜田作为大刊物的大编辑，一向钟情于汉字研究，咬文嚼字是其兴趣所在，也是志业所求；刘洁喜欢中国戏剧，所以在戏剧剧本里寻幽探胜，流连忘返；谢宗玉热爱家乡，连带着关心家乡的草木花卉，于是发现了遍地中药飘香。显然，正是这些生命偏得或艺术"兼爱"，使得十位作家把自己的主题性、系列性散文写作，从不同的门类出发，最终聚拢到中国传统文化的大向度之下。于是，"国粹文丛"在冥冥之中具备了翩然问世的可能。

"红白莲花共玉瓶，红莲韵绝白莲清。"我想，用宋人杨万里的诗句来形容这套"各还命脉各精神"的"国粹文丛"，大约算不得夸张。愿读者能在生活的余裕和闲暇里，从容步入"国粹文丛"的形象之林和艺术之境，领略其神髓，品味其意蕴！

戊戌秋日于滨城

| 目　录

楔　子

一语天然万古新，豪华落尽见真淳。

伏案敲击关于古代戏台的一本书，想起的竟是元好问的诗句，此是为何？

是在定调。

定调，就是根据不同的音乐作品内容，选择并确定适合表达其内容或演奏的音调。借用这个音乐术语，是想表述写作的一个准则，表里如一，浑然一体。要达到这个准则，必须内容与形式一色，语言与韵致齐飞。定调，也就是在找与古代戏台相近的体貌式样和话语旋律。毫无犹疑，一语天然万古新，豪华落尽见真淳，就是我所需要的最好准尺。用这把准尺丈量，我选定了古代剧本中的体式。自然不是照搬，而是顺势而为，随物赋形，勾勒客观物体的形姿，并揭示形姿内部的蕴含。于是，元杂剧的结构体式开始登台亮相。"楔子"的出现，标志着大幕缓缓拉开，请君观看：

却顾所来径

　　戏台和戏剧，似乎水乳交融，不可剥离。细究则不然，水乳交融的比喻并不贴切，若用肌体和衣饰作比相对更为适宜。戏剧为肌体，戏台为衣饰，衣饰随着肌体日渐发育，日渐成长。我国完备的戏台出现不算早，现存最早的戏台是金代的产物，即使在史书典籍中追溯到戏台的踪影，标识最远的没能超越宋代。难道我国的戏剧千呼万唤始出来，到宋代才发轫开端？当然不是。纵目世界戏剧史的阔野，中国戏剧的萌发并不迟缓。若是与印度、古希腊的戏剧相比，我们不仅没有丝毫的落后，甚而还要比之更早。中华的戏剧快要万条垂下绿丝绦了，印度和古希腊还只是草色遥看近却无。可是，当人家早已万紫千红春满园，我们却连一枝出墙红杏也未见，原因何在？

　　穿透岁月的迷雾，我们听到了上古先民的歌声："日出而作，日入而息。凿井而饮，耕田而食。帝力于我何有哉！"这是古老的《击壤歌》。击壤游戏里包含的歌之舞之，即是戏剧不可或缺的因素。就在那个时候，虞舜要夔教化年少的孩童，夔"击石拊石，百兽率舞"。孩童们装扮成动物，还要款款起舞，又离戏剧近了一些。以这样的速度成长，中国戏剧不会落后于印度，更不会落后于古希腊。

　　遗憾的是，戏剧却奇迹般地拐个弯，进入祭祀的场所。《书·伊训》疏有载："巫以歌舞事神，故歌舞为巫觋之风俗也。"每逢祭祀之际，巫觋就装扮成各种神鬼，手舞足蹈，在无意识的舞蹈中表演得像模像样。即使在《论语》中出现过的乡人傩，也在祭祀的囹圄里徘徊。乡人傩是每年腊月举行的驱除鬼怪仪式，表演者扮饰着傩，头戴凶神恶煞的面具，身披兽皮，手持戈矛，蹦蹦跳跳驱赶鬼神。戏剧专家视之为"傩戏"，只是这古老的傩戏没有走上舞台，现今还在河北、安徽、湖北那些偏远乡村的胡同里辗转。

　　回眸戏剧漫长的渐进过程，也有比傩戏令人欣喜的亮点，一个是装扮表演的具体化，一个是表演人物的多样化。探究这两个亮点，我们可以把目光聚焦在春秋战国时期的楚国。一是楚庄王身边的优孟，模仿孙叔敖竟然能以假乱真，简直就是一出惟妙惟肖的宫廷活剧。另一个亮点潜藏在屈原的《离骚》里，《东皇太一》便如一场角色鲜活的小戏。可惜的是宫廷戏没能走向舞台，屈原笔下的人物表演只有少数专家学者能够窥视，中国戏剧还在狭小的圈子里打转转。

在中国戏剧史的链环上，不能缺少了百戏杂陈和歌舞小戏。但无论是百戏杂陈，还是歌舞小戏，抑或是囹圄在宫廷，抑或是拘禁在狭小的市井瓦棚。百戏杂陈在汉代才出现，《总会仙倡》那场景盛大的歌舞表演，《东海黄公》那情节简单的搏击武打，明显拓展了随兴发挥的表演，进入预先编排的程序。这"规定性的情景"，又是戏剧发展的一个里程碑。

光大和弘扬这百戏杂陈的"规定性的情景"，中国戏剧的成熟便会指日可待。然而，中国戏剧没有坐直达车，而是在朝代更迭中不断换乘车辆。直到唐代歌舞小戏才掀开她的红盖头，出现了《踏摇娘》（又作《踏谣娘》）和参军戏。尤其是参军戏，里面分开了角色，一个被嘲弄者参军，一个嘲弄者苍鹘，这被视为"行当"的最早雏形。

行当的绽露，趋近了戏剧的形态。似乎挺胸冲刺，抬脚跨越，就会迈进戏剧的家门。可惜，时光又过去漫长的数百年，这个冲刺和跨越还未能实现，即使宋杂剧和金院本也只能说雏形初现。

活跃在勾栏瓦舍的宋杂剧，完成了两个固定。固定了戏剧的形态和角色。形态由艳段、正杂剧和杂扮组成。艳段，是招徕观众的开端；正杂剧或是以唱为主讲故事，或是以说为主来搞笑；杂扮，是结尾，是在笑声中结束演出的一种手段。角色被固定为五种：男主角末泥，亦称正末，或生；戏头引戏，多数还兼扮女主角，亦称装旦；来自参军的副净，还是被调笑的对象；来自苍鹘的副末，仍是调笑者；再一个角色就是扮演官员的装孤。戏剧形态的固定成为后来戏剧折子的基础，角色的固定则演变为"生、净、末、丑"四大行当角色。

不过，正由于这戏剧雏形的出现，才有了勾栏瓦舍，才催生出较为完备的戏台。因而，研究古代戏台，必须叩开戏剧发展的门扉，走进纷纭多姿的大殿堂，去观瞻二者携手相伴的漫长演绎变迁。

当春乃发生

半亩方田一鉴开，天光云影共徘徊。

朱熹这诗句和戏台半分钱的瓜葛也没有，不过完全可以借来比喻戏台诞生后的情景。倘要是把社会比作一鉴开的方田，那徘徊在其中的天光云影恰如戏剧与戏台。要说戏台与社会的关系，其实是戏剧与社会的关系。戏剧是农耕时代孵化出的艺术，其悠闲节奏和审美形态都是那时生产和生活的需要。即使不去回溯探究背后的原因，当代戏剧的萎缩，或振兴戏剧口号的出现，不只表现出工业时代、信息时代的快节奏拒斥戏剧，也反衬出农耕文明是滋生、茁壮戏剧最肥沃的土壤。

戏剧在农耕社会，有三个不可忽略的作用：祭祀、娱乐和教化。前文已经说过，祭祀延缓了戏剧的生成。可是，渐驱发育成型的戏剧得势后，并没挣脱祭祀的牵绊，还借助祭祀做动力。宋、金、元时期不知不觉形成了赛社演戏的规矩。赛社演戏，禳灾祈福。赛，不是比赛，而是报答、报恩的意思。社，即社神，主管一方水土的神灵，也称土地神。在我的少年时期，村落里房屋前墙上随处可见一个小小的神龛，供奉的就是土地神，每逢过年敬献不说，还要贴上"土能生万物，地可发千祥"的鲜红对联。时日变幻，社逐渐演变为乡村的一个小区划。据说，周代二十五家为一社，汉代一百家为一社，元代五十家为一社。以社建庙，以社酬神，春祈秋报，相沿成习。春祈秋报，无外春暖花开，敬祀神灵保佑风调雨顺，五谷丰登。秋天收获后，再行祭祀，报答神灵的恩赐。

如此行文未免枯燥，记得十多年前我曾写下过《台子》一文，摘抄两段，添些情趣：

庄稼人的心思是五谷丰登。为了五谷丰登，众人光着膀子在田里狠下力气。下力气种地，下力气锄禾，却不一定有下力气的收成。天上的风雨也左右着田里的籽实。因而，要左右田里的籽实，先要左右天上的风雨，而要左右天上的风雨，必须要讨得神灵的欢喜。庄稼人便趁家所有的凑份子，建大庙，把神仙供进村子里。

村子里有了庙，庙里有了戏台子。众人好看戏，神仙也就好看戏。逢年过节都唱戏，别看是人在看戏，戏却是唱给神仙的。丰收了唱戏，是报答神仙的恩赐；歉收了唱戏，是要神仙谅解人的过错。人到底有什么过错？不清楚，只清楚心诚则灵，不唱戏不行，真心实意请一台戏，好好唱他十天半个月。不过，说是给神唱戏，热闹红火的却是人们自己。戏台下密密麻麻，挨挨挤挤的全是人，前头的坐低凳，后头的坐高凳，再后头的站在凳子上，幼儿稚女则骑在凳子上的父亲脖子上。人们挤挤攘攘过够了瘾，似乎神仙也就过够了瘾。

摘录这些文字本来只是想说明唱戏酬神的事体，无意间也将众生喜欢看戏的习惯透露出来。娱乐，不就是戏剧的另一个功能嘛！看戏娱乐是宋代以后最主要的娱乐方式，娱乐习惯。习惯成自然，一直延续到我的少年时代。那时每有一村唱戏，附近几村的人几乎倾巢出动。用时下的话说，崇拜戏剧名角的粉丝，比如今崇拜影星、歌星的粉丝有过之而无不及。乡村流传着一句话，"误了收秋打夏，别误存才的挂画"。存才是当时饰演花旦的演员，一个四五十岁的男人，居然能把妙龄少女演得活灵活现。尤其是折子戏《挂画》，他跳上椅背，转圈踢腿，金鸡独立，演出了待嫁新娘含嫣喜不自禁的满心欢悦。更有甚者，竟然说："宁误民国的天下，不误存才的挂画。"戏剧是那时乡村、都市最最受欢迎的娱乐形式。

教化，是戏剧的第三个功能。传统戏剧并不是单纯的娱乐，而是寓教于乐，让人们在欢欣的观赏中得到道德教化。民众中广泛流传着一句话，白花脸最怕戏完时。白花脸一般都是剧中的奸臣，戏完时恶有恶报，必然遭到被诛杀的下场。体现的正是恶有恶报，善有善报的因果报应。劝善抑恶是戏剧的永恒主题。一代一代民众看着戏剧长大，道德价值观逐渐树立起来，传承下去。以众所熟悉的关汉卿为例，他的剧本无不是满满地正能量。他在《状元堂陈母教子》中以陈母的口气说道：

才能谦让祖先贤，承教化，立三纲，禀仁义礼智，习恭俭温良。定万代规模遵孔圣，论一生学业好文章。《周易》道谦谦君子，后天教起此文章。《毛诗》云《国风》《雅》《颂》，《关雎》云大道洋洋。《春秋》说素常之德，访尧舜夏禹商汤。《周礼》行儒风典雅，正衣冠环珮锵锵。《中庸》作明乎天理，性与道万代传扬，《大学》功在明明德，能齐家治国安邦。《论语》是圣贤作谱，《礼记》善问答行藏。《孟子》养浩然之气，传正道暗助王纲。学儒业，守灯窗，望一举，把名扬。

这是台词，更像是思想品德课的教材。可以说，扬善抑恶的教化作用，在情节中，在台词中，处处皆是，无处不在。戏剧成为培育道德的好教材，戏台无疑就是那个年代弘扬传承美德的好课堂。

窥斑而知豹

戏台，尤其是历经岁月风雨和人为损毁还能幸存下来的古代戏台，珍贵得如凤毛麟角。每一座古代戏台，都像是一位饱经风霜的老者，自身携带着无数的历史密码。走进每一座戏台，都犹如去朝圣，随时都可以得到意想不到的启悟。古代戏台，是探究戏剧的宝库，是探究艺术的宝库，是探究历史的宝库。似乎将探究历史与古代戏台扭结为一体有些过大，然而，我总觉得缺少了戏台和戏剧的历史，是残缺的历史，甚至有许许多多的社会现象无法自圆其说。

我们不妨提出两个设问：从大处着眼，为什么中国是世界上唯一从未断代，历史连贯的文明古国？从小处着眼，为什么中国家庭伦理观念牢不可破，绵延不断？回答第一个问题有个前提，我不否认中国确实有仁爱睿智的最高统治者，但我却觉得多数帝王道德和智慧都不如百姓平民，有的甚至就是人渣。每当人渣执掌国家机器，就有断代的危机。多次危机，多次化险为夷，依仗的就是根深蒂固的传统国家观念，而国家观念的传播主要手段之一，就是戏剧。回答第二个问题同样有个前提，我不否认中国确实有良好家风的家族，像颜氏家族、裴氏家族、范氏家族等等，都堪称好家庭的典范。但是绝不可忽视，大量家庭都没有家规家训，保证家庭世代不衰的原因，只能是社会上广为流传的伦理道德。毫无疑问，广为传播伦理道德的主要手段之一就是戏剧。

大而言之，戏剧是国家的凝聚剂。

小而言之，戏剧是家庭的凝聚剂。

传播和弘扬这种凝聚剂的就是戏台，戏台，古代戏台，在中国历史上的治国安民作用，岂是可以小觑的？

我曾不止一次走近一座又一座古代戏台，每次观瞻都给我新的颖悟；我曾不止一次翻开一本又一本研究古代戏台的图书，每次阅读都给我新的启迪。毫不夸饰地说，如今我敢于勾画古代戏台的形象，敢于解读古代戏台的内涵，都源于实物和图书的哺育。一个有良知的人，不会忘恩负义。不忘恩，不负义，只是报答恩义的起点，由此奋起再有新的发现和见识，那才是最好的报答。于是，我看到前人研究古代戏台大多将心思花费在戏剧领域，艺术范畴，即使扩而大之，也仅仅突进了建筑结构的门扉。还能不能视际再开阔？胸襟再博大？我试图放在历史发展和社会伦理，文化传承大视野中比鉴、驰思，在"一粒沙里看世界，半瓣花上说人情"。

如何看？如何说？古代戏台历经沧桑，幸存者只是往昔千万个中的一个。不过，这千万个中的一个，也撒遍神州各地，尤其是偏远的角落。真要个个面对，一一鉴赏，绝非一人一时所能奏效。所幸，专家学者给我透出了一个秘密：山西就是古代戏台的宝库。周贻白先生的《中国剧场史》如此告诉我；王遐举先生的《中国古代剧场》如此告诉我；廖奔先生的《中国古代剧场史》如此告诉我；车文明先生的《20世纪戏剧文物的发现与曲学研究》如此告诉我。我由此想起一句熟语：弱水三千，我只取一瓢。

不妨遵照此语行事，也取之一瓢饮个够吧！

自然这一瓢，就是山西古代戏台。也好，就以山西古代戏台为主体，来窥一斑而知全豹吧！

第一折　源头活水来

　　追溯古代戏台，我从露台开始。其实，更原始的戏台应该是撂地为场，也就是在平地歌舞。帝尧巡访时看到平民击壤游戏，歌之舞之，应该就是撂地为场。只是时光远去，谁还能记得哪块平地曾经歌舞演艺？撂地为场像东流水逝去，无法追回，无法再现。与之相同的还有宛丘，即站在周边的高地，观看下面的表演。这也是就地取势，演时人聚集，演过人散去，风尘将之抹得了无痕迹，何处去寻觅？即使露台，也不过是演艺场的先驱，随着舞楼、舞亭的出现早成为匆匆过客。或者，顶戴冠盖，自身就变为一座戏台。要追溯这演艺场的先驱，恐怕并非易事。

　　且不要畏难，曲径可通幽，柳暗变花明，说不定那人就在灯火阑珊处。

露台：寻他千百度

　　露台能够存世，真是人寰奇迹。若不是亲眼所见，塞给我什么资料，我也不敢相信。

　　露台，在这里是专门所指，即露天的戏台。有资料记载，中国最先出现露台是在宋朝，多由石头或枋木建成，用于演出戏剧。古人曾由此衍生出"露台子弟"一词。露台子弟，显然是演员的意思，却不是官方的演员。这资料不算武断，有所依凭。查考宋朝孟元老笔下的《东京梦华录》，已写下"露台"一词。他在"元宵"条目中写道："楼下用枋木垒成露台一所。"据此可见，宋代已有露台。但是，若说露台始生于此时，恐怕还是有些思想保守。

在我眼里，露台是戏台的先祖。戏台是戏剧的载体，伴随着戏剧而始生，而兴盛。中国的戏剧史漫长悠久，戏台一路走来，也就悠久漫长。尽管用现在的眼光打量，再阔绰的露台也逃不脱简陋的限定，但在遥远的往昔，露台的出现应算是时代的奢侈。之前，众生也歌舞演出，可多在平地而为。若是追根探究，仅能探究出撂地舞场，顶大也只是个歌舞宛丘。

撂地舞场，该是最早的戏场了，但那不是人为设计建造的，只是选择一块空地，围场做戏，百兽率舞。这样的舞场，跨越时空再难寻到了。若是想再现，我们不妨走进康庄，细细领略一下《击壤歌》碑石下的往事。

康庄如今是临汾城边的一个村落，上古那个时候却离都城平阳还有不近的一程路。帝尧从他那土台垒筑，采椽不斫的宫殿出来；从他那土墙围筑，矮屋密布的都城出来，一步一步挨近了这个小庄。

抑或那是个秋日，抑或还是个丰收后的秋日，帝尧钦定历法，粟禾收多了，人人吃饱了肚子。不然，康庄的路口怎么会有那么多老老少少拥围在一起呢？

众人在嬉戏。人圈中有位满头银发的长老，手持一块木板，正在掷打地上竖立的木板。随着长老的抛扔，众人吟诵：

> 日出而作，
> 日入而息。
> 凿井而饮，

耕田而食。

帝力于我何有哉！

　　这就是大家熟悉的《击壤歌》，清人沈德潜将之收入《古诗源》，而且放在开篇第一首。由此可见，在我们这个诗歌大国里，《击壤歌》应尊称中华第一诗。只是，这里我探究的中心不是诗歌，不必再加赘叙。收回目光，探究戏剧，蓦然发现那击壤的游戏里已潜在着戏剧的因子。试想，击壤之时，歌之舞之，歌舞不就是戏剧最早的萌芽？正是。既然如此，那击壤而歌的场所，岂不就是——撂地舞场。

　　撂地舞场，确凿无疑的撂地舞场。

　　撂地舞场有了，宛丘何在？

　　宛丘，是继撂地舞场后的歌舞场地，是对撂地舞场的发展。

　　我追寻到了宛丘，不在现实，而在《诗经》里。《诗经》有《宛丘》篇：

子之汤兮，

宛丘之上兮。

洵有情兮，

而无望兮。

坎其击鼓，

宛丘之下。

无冬无夏，

值其鹭羽。

坎其击缶，

宛丘之道。

无冬无夏，

值其鹭翿。

诗的大意为：

你舞姿回旋荡漾，舞动在宛丘之上。我倾心恋慕你啊，却不敢存有奢望。

把鼓敲得咚咚响，舞动宛丘平地上。无论寒冬与炎夏，洁白鹭羽手中扬。

敲得瓦缶当当响，舞动宛丘大道上。无论寒冬与炎夏，鹭羽饰物戴头上。

对于这首诗，历来解释不同，有人认为这里寄寓着对歌舞者的倾慕之情，有人则说这是在贬斥一位放荡歌舞的公子哥。我们不必要花费心思辨别其中的是非真伪，也不必考虑其歌舞是猖狂放荡，还是激情荡漾，只需要注目其中的宛丘即可。这首《诗经·陈风》中的《宛丘》，收藏了遥远的往事，自然的凹凸地带已成为先人巧妙利用的歌舞场地。

宛丘和摺地舞场一样，是先人们在借助自然地形载歌载舞，对地形地貌没有进行一点改造。即使先人歌舞表演的宛丘还存在，我们也无法准确指认，更无法判定。露台则不然，是人为造就的演出场所，而且是为了提升演艺效果最早打造出的场所，不应该随着时光的远去消失得毫无踪迹可觅。令人担忧的是，露台之后衍生出舞楼、乐亭、乐楼，无论何种称谓，都可以用戏台这名称冠之定位。稍加留意就会察觉，戏台，不过就是给露台增添了冠戴。露台，既然脱颖为戏台，又去何处寻找原始的真颜？曾一度，我只能在典籍里满足追寻的欲望。

功夫不负苦心人，露台总算浮出了水面。那是在《汉·文帝纪》中有言：

（文帝）尝欲作露台，召匠计之，直百金。上曰："百金，中人十家之产也。吾奉先帝宫室，常恐羞之，何以台为？"

千辛万苦从《汉书》中查考出了露台，没想到这个露台尚未出生就已流产。汉文帝真是位体谅民情的好帝王，因建造一座露台"直百金"而作罢，千古罕见。如果本文不是探究戏台，而是研究帝王，真得为汉文帝大唱赞歌。遗憾的是，目的不是研究帝王，恰是寻觅露台，不禁为露台的流产心生惆怅。所幸，露台在西汉还是出现了。

先祖的垂范未必能规整后人，汉文帝害怕劳民伤财不干的事情，其孙汉武帝刘彻却反其道而行之，不仅建造露台，而且造得雄伟高大，气势非凡。《太平御览》一七〇七卷记载：汉武帝元封二年，也就是公元前一〇九年，使人于甘泉宫建通天台，高三十丈，"舞八岁童女三百人，置祠具招仙人。祭天已，令人升通天台以候天神"。这是座高三十丈，可以容纳三百名女童歌舞的通天台，并无冠盖，不就是我们所说的露台吗？是，而且是一座规模超拔的大露台。可惜时过境迁，可惜岁月沧桑，这座雄伟高大的露台早已杳无踪迹。

露台再度出现在纸面，是在关于敦煌莫高窟壁画的书卷。第一一二窟《西方净土变》壁画，描绘的正是在露台表演的情景。据说，描绘露台表演的壁画，在莫高窟随处可见，可叹去时太早，缺乏观瞻露台的眼光，无法亲睹芳容。幸在，不少诗文留下诸多对露台的赞誉，夜读宋诗，梅尧臣写有：

露台鼓吹声不休，
腰鼓百面红臂鞲。
先打"六幺"后"梁州"，
棚帘夹道多天柔。

诗人不仅收藏了露台这一无形的珍宝，而且，收藏了露台歌伎的表演。无独有偶，黄庭坚也有同类诗，在一首题为《贾天锡惠宝薰乞诗多以兵卫森画戟燕寝凝清香》的诗中，他写道：

> 险心游万仞，
>
> 躁欲生五兵。
>
> 隐几香一炷，
>
> 露台湛空明。

这首诗写出了黄庭坚对名香"宜爱"的喜欢之情。据说此香原为李后主宫中的香，南唐灭亡后辗转流传传至北宋，深得文士喜欢，因称"宜爱"。世间多少事，种瓜得豆并不稀罕，黄庭坚是写名香，无意间却留下了"露台"痕迹。只是，诗也好，文也罢，与今远隔时空，很难设想现今还有露台存在。山西大地有没有出现过露台？我持怀疑态度，更不敢奢望见到露台。

那一天，我来到山西省芮城县东吕村。本来是追寻这里的三座相连的戏台，没想到从山门下穿过的时候，看见了右侧墙体上镶嵌的一块碣石。这是块元泰定五年，即公元一三二八年的碣石，铭文竟是《创修露台记》。我惊喜地阅读密密麻麻的文字，其意为：东吕村关帝庙"殿宇雄壮，庙貌俨然，廊庑昔皆具备，唯有露台厥焉。里人蒙古拈蛮，谨发善诚，愿为胜事，特舍所费之资，命工爨砖琢石，经营创建，不日而成。於戏！斯台既立，若不刻诸于石，恐以岁时绵远，无能光先启后……"

我赶紧步入庙中寻找，哪里还能找见昔年的露台？这位蒙古里人的善举，若不是刻石以载，也会随着露台的消失而化为尘埃，好在石头和石头上的文字收藏了这段往事。虽然没能目睹露台，但是，露台确实曾经赫然于山西大地，也很令人兴奋。

有了这次偶遇露台石刻的经历，以后再去庙殿，我不会轻易放过任何一块碑石。很快，又一座露台呈现在我的眼前。那是在临汾市的尧陵，献殿的背后是十三级台阶，拾级而上，面对的是碑廊。内中有一通重修尧陵的碑石，背后线刻着早先的庙貌图。图中不光有献殿、戏台，还有堆高的露台。当然，此露台和彼露台一般，早就化为尘埃了。幸亏我早已不对露台抱有希望，不然还会为之消失而痛心。

谁会料到晋祠竟有露台！真该感谢山西师范大学戏剧文物研究所的冯俊杰先生，若不是他的提醒我还会视而不见。跨进晋祠大门，绕过水镜台，向圣母殿迈步。一眼就可看到有座突出地面的方坛。砖石高垒，台面平坦，没有顶盖，没有亭楼，正是露台。露台，露天戏台。《说文》曰："露，润泽也。"露台，风霜雨露，无物庇护。只是标牌上写的是：金人台。金人台上有四尊铁铸的金人。金人占据了露台，露台易名为金人台。这似乎是露台的悲哀，其实是露台的侥幸，倘若不是演艺的露台有了新的用项，很可能在筑成水镜台的同时，也就被铲平它用了。无论怎么说，这是一件幸事。金人不仅展示了自己，还保留了极易消失的历史。

还有，还有更为本真的露台。这露台在高平市西李门村。西李门村是个多庙的村子，有东庙，有西庙，还有南庙。露台坐落在南庙里，看上去台高一米多，长十多米，宽也就六米多。平展的台面上铺满青砖。年深日久，雨淋风剥，不光青砖多有磨损，那砖缝间的白灰也已脱落。在空中飞旋的尘灰，也许早已厌倦了无休无止的奔波，一有机会着地，便纷纷选择砖缝安身。尘灰的选择立即招惹了另一种选择，于是，这座古代露台便热闹非凡。

此时的热闹当然不会是彼时的盛景，没有百兽率舞，没有顶碗杂耍，也没有参军苍鹘，只是一些无名的花草在演绎着青春的姿色。一溜溜排开去的茵绿纵横交织，把个台面的青砖勾勒得板块分明。一道道茵绿的线条上，点缀着无数的小红花，远望如同丝线缀连成的长串珍珠。近看，那一朵朵小红花虽然毫不起眼，却没有一朵因为自己毫不起眼而辜负了生命的绽放。那一刻，我惊呆了！我呆看着这些小花，也呆看着供给这些小花蓬勃生命的露台。

从露台的须弥座上，从露台后面崛起的大殿上，从大殿屹立的石柱上，我已经清楚知道了生成这古物的时间在金代。也就是说，这座露台跨越了九百余年的时间才显现在我的面前。不必去探究那锣鼓喧天、歌舞如潮的年代，那时候露台正用豆蔻年华供奉着戏剧的欣荣。需要沉思的是，后来呢，后来这寂寥的空落如何打发难耐的岁月，莫非就是那些小花小草的生命演义，活跃了古老的台面，使这金代露台从来也没有空落，没有寂寥，一直坚挺到今天？

任何猜想和推测都是多余的，重要的是在神州大地，还有这么一座原汁原味的露台坦荡安卧。露台寂然无言，却在讲述一段遥远的往事，将往事连缀起来，一部戏剧史才算完整，才无可挑剔。

舞亭：春花烂漫时

春江水暖鸭先知，戏剧春潮何处觅？

舞亭。

山西大地舞亭众多，座座都可以感受戏剧的发展和成熟。

车文明先生在《20 世纪戏曲文物的发现与曲学研究》一书中指出，就在各地纷纷搭建露台的同时或稍晚，山西中南部农村神庙里出现了一种新的演出场所："舞亭""舞楼"……从字面意义看：亭，就是在台基上立柱搭顶，四面透空。名之为"楼"，大约是因其高高在上，类似寺庙里的钟鼓楼之故。

毫无疑问，从露台到舞亭是一大进步，不仅是演出场所的进步，也是戏剧演艺的进步。这是一个非常有趣的现象，可以用皮之不存，毛将焉附类比。相对于戏剧来说，有形的戏台是毛，无形的戏剧是皮，有形的戏台总是依附在无形的戏剧上。如此推演，倘没有戏剧春潮的波澜壮阔涌动，也就不会有这纷纷搭建露台，纷纷建造舞亭的可能。由露台到舞亭，别看在书页里只要手指稍稍掀动就可以跨越，而在实际生活里那可要经历漫长的岁月。至少，我们在汉代就能远眺到露台了，那舞台呢？往早的说也在宋代才会姗姗露脸，中间相隔一千年呀！脚步迟缓，迟缓，这一千年中国戏剧在干什么？难怪会迟滞于世界戏剧之后。

且不说古老的《击壤歌》带来的戏剧气息，虞舜要夔教化年少的孩童，夔"击石拊石，百兽率舞"，不也是戏剧因素的展现吗？研究上古史的专家都说，这是孩童们装扮成各种动物，随着石磬声款款起舞。款款起舞，还要装扮，显然朝戏剧的目标迈进了一步。从后来成熟的戏剧看，装扮无疑是戏剧关键的因素。假如以这样的速度成长，中国戏剧不会落后于印度，更不会落后于古希腊。

可惜中国的戏剧没有勇往直前，却拐个弯，进入了祭祀场所。究其原因，必然涉及至圣先师的孔子。他没有将戏剧的因素引进戏剧发展的主渠道，却将之固定为规范的礼仪。主渠道里，祭祀表演的基因备受压抑，无法放展肢体，无法挺进戏剧。而主渠道之外的细流，只能九曲十八弯于茫然而混沌的大地。

平心而论，孔子并没有扼杀戏剧的意思，是要匡正走偏的祭祀。那个年代祭祀已沦为权贵乡绅巧取豪夺的手法，司马迁写进《史记》的西门豹治邺，治理的就是地方劣绅以祭祀河神为名，搜刮民财，草菅人命的陋习。西门豹能治理了属下弹丸之地的陋习，却改变不了更大地域的社会弊端。那时候站出来的孔子，矢志向社会祭祀弊端挑战。核心是克己复礼，手法是抵制装神弄鬼，目标是恢复在他看来还算仁爱的周礼，行动是周游列国四处宣讲，主体成果是儒学思想从此诞生，而次生成果之一则是延缓了中国戏剧的进程。谁也不会想到，同古希腊的僭主庇西特拉图一样，孔子也是在兴修一条渠道。庇西特拉图的渠道将祭祀的表演因子引导进戏剧，孔子却将其扩散进广众的生活。前者是集中光大，后者是分化弥散。因而，当古希腊戏剧亮相人寰时，我们的戏剧因素却化为吉光片羽遍地闪烁。再要将这些夺目的碎片捡拾起来，粘连为一体，需要的竟是上千年的漫长时间。更何况，捡拾与反捡拾的较劲从来也没有终止。

反捡拾这说法显然是站在戏剧立场上发言，真实的情形是儒学的传播推广。传播推广最为醒目的有两个时段，一个是西汉时期的"罢黜百家，独尊儒术"，使孔孟之道正式成为政治家打理国事的品牌手段；一个是宋朝理学的问世，将孔孟之道推向了"存天理、灭人欲"的险峰。这两个时段，都不同程度地扩散了孔子无意间分散开去的那些吉光片羽。假设没有西汉的"罢黜百家，独尊儒术"，或许百戏杂陈就会大成气候；假设没有理学出现，或许宋代杂剧就会成熟。可惜，世事从来没有假设，中国戏剧只能在儒学纲常的夹缝里山重水复，曲径通幽。

回眸戏剧艰难生长的过程，也有不乏欣喜的亮点，装扮表演的具体化与表演人物的多样化，在春秋战国时期的楚国已经闪现。楚庄王身边的优孟模仿孙叔敖，屈原的《离骚》里，《东皇太一》特像一场分角色小戏。只是这些细节如同清晨的露珠，瞬间出现，瞬间消失。之后，汉代出现了百戏杂陈的表演，走出了随兴发挥的时段，进入了"规定性的情景"。预先编排的程序，也是戏剧发展的一个重大突破。

一枝红杏出墙来，满园春色自可观。且慢，中国戏剧不是这般逻辑，脚步迟缓，等到唐朝才有了《踏摇娘》和参军戏，才有了"行当"这最早的雏形。参军本是曹操创建的一种官职，魏晋南北朝延续此职，相当于县级幕僚。《太平御览》中记有后赵石勒参军周延因贪污几百匹黄绢，遭罢免入狱的故事："石勒参军周延，为馆陶令，断官绢数百匹，下狱，以入议宥之。后每大会，使俳优著介帻，黄绢单衣。优问：'汝何官，在我辈中？'曰：'我本馆陶令。'斗擞单衣曰：'正坐取是，故入汝辈中。'以为笑。"看似一个搞笑的故事，其实是在警示官吏的贪腐行为。

这里姑且不论参军戏的内容，关键是远在唐朝行当就出现了，已经趋近戏剧的形态。可不知缘何，到了宋代还在百戏杂陈。百戏杂陈，也需要演出场所。露台，显然曾是演出百戏杂陈的场所。可是，随着百戏杂陈的兴盛，尤其是情节化的出现，更为适应演出的场所应运而生，这就是舞亭。

对戏剧曲折的成长过程的回眸，消释了我亲睹露台的满足感，也消释了我无法挽留众多露台的遗憾。我明白了，前进的脚步总是要让今天成为明天，让足下的新印成为旧踪。如果演艺一直坚守在露台，或许我国的戏曲仍然固定在百戏杂陈的状态。在一定程度上说，进步就标志着割舍和遗弃。世事创造的多与少，可以说将由舍弃的多少来决定。创造者以草莽气概跃马扬鞭驰过千里疆场，研究者匆忙钻进马蹄踏出的尘埃去捕捉曾经的印记，而且往往为曾经的割舍和遗弃不住地叹息。显然，我想挽留露台的情愫也属于这样的感兴。

因而，西李门村二仙庙金代露台的存世只能是不可言状的庆幸。近年来大规模的开发建设使许多文物古迹销声匿迹，庆幸存留下的残品虽然比被拆除废毁的成物要逊色得多，却成了价值连城的宝贝。为此我曾感叹：落后是金。那么，西李门村露台的存世也是落后的成果？

事实粉碎了我的论断。西李门村并不落后，我在东庙和大庙看到的戏台就是明证。倘若经济拮据，物资匮乏，再造戏台一定困难，固守露台顺理成章。实际情况是，他们有能力建造戏台，而且不止一座，只是没有非利用露台不可。这或许是他们的疏漏，或许是他们的精明。如果是疏漏，定然计划不周；如果是精明，定然用穿透时空的思绪在远虑着千秋大计，而且，左右着一代又一代。

走出露台的思绪，我又回味车先生笔下的文字，从露台到舞亭、舞楼，总让人觉得中间还有什么缺憾。我忽然想起戏曲史中的记述，瓦舍，或者瓦肆，还有勾栏。这曾是宋元时期风行一时的戏曲剧场，为什么在山西却跨越而过呢?

于是,我品味起瓦舍、勾栏。先前我以为瓦舍便是房子。我在乡村住的房子就覆盖着瓦,而且乡亲们认为的好房子是:砖包房子筒瓦厦,住在里面不害怕。可见我的认识是有来由的,不过,我是错了。吴自牧《梦粱录》说"来时瓦合,去时瓦解",是形容这演出场所的简便随意。至于勾栏,原意是指用有花纹图案相互勾连起来的栏杆,勾连起来无外拦挡广众。众人在外,演艺在内。《中国古代剧场史》说:宋元时期的"勾栏"名称,被用来专门指称市肆瓦舍里设置的演出棚,如《书言故事·拾遗类》所说"俳优棚曰钩栏"。可见,"钩栏"与"勾栏"相同。

我明白了,这样的演出棚在城镇里,是商业性的游艺场所,所以,北宋时只见于汴京,南宋先是行都临安,后来遍布江浙,入元则遍及全国。可是,作为元代戏曲中心的古平阳,即今天我所居住的临汾市怎么不见呢?这或许又应了我的那种想法,落后是金,先进则是分文不值得损毁?勾栏瓦舍早被追逐经济效益的商贾移作他用,另筑宏厦也是可能的。

因而,从文物的视角考辨古戏台,只好由露台跨越到舞亭、舞楼了。那就让我们与时俱进,随之跨越,随之观赏。

山西,被当代人誉为华夏文物博物馆,也是戏剧文物博物馆,自北向南密如繁星的古代戏台遍布大地。戏台,当然是对舞亭、舞楼的统称。金元时期,众多的戏台,众多的称谓,几乎让人眼花缭乱。冯俊杰先生对此作过详述,我大致记得除舞厅、舞楼外还有:舞厅、乐厅、舞庭、乐亭、乐楼、乐庭、舞榭、乐舞厅、乐舞楼、乐棚、歌台、戏楼、演戏台……或许,戏台便是在这众多名称中抽拔而成的。按照多数戏剧史料的见识,舞亭早已消失,再无遗迹。对此,我无疑义,不过有一点浅见与之不同,我以为金元戏台或多或少都带着宋代舞亭的痕迹。现在,就让我们注目一下几座舞亭。

　　我最早结识的元代戏台是临汾市魏村牛王庙戏台。时在三十八年前，那是一个激情爆炸的岁月，我们带着爆炸的激情到乡下帮助农民收秋。白天的劳动丝毫没有减损了校友的激情，因而，挂起一盏灯，擂起一面鼓，台上便响动起爆炸的激情。激情喷放着震耳的响声：毛主席您是我们心中的红太阳，祝您万寿无疆！万寿无疆！！万寿无疆！！！其时，我自然不知道炸响这声音的是座元代戏台，因而，随着那声音神魂激荡。倘若我冷静若现在，又知道那是一座成吉思汗的后代主宰辖治下缔造的戏台，那非笑出声来不可。英雄也好，豪杰也好，形容成吉思汗都不过头，是高扬他旗帜的铁骑横扫欧亚大陆，播下征服的盛誉。自然，这小小的戏台也是征服的产物。他不会想到在元代戏台上竟会歌颂起另一位人物，而且这位人物尊他为"一代天骄"，转眼又说他"只识弯弓射大雕"。

　　我仔细观赏这座戏台却是后来的事了。我看到高高的台基上冠戴着简单的屋顶。支撑着屋顶的是后墙和前檐两角的石柱。因而，这戏台三面透空，均可看戏。我爬上台基，观里察外，看到石柱上刻有石字：至元二十年，推算下来，也就是公元一二八三年。走出魏村，往东南行了十多里，到了东羊村，那里也有一座元代戏台。一眼望去，已变了模样，这戏台已经封闭了两个侧面，仅能在前面看戏了。前檐两角也有石柱，石柱上也有字迹，字刻至正五年，该是公元一三四五年了。如此计算，东羊村戏台较魏村戏台晚了六十二年。六十二年该是一个花甲了，一个呱呱落地的幼童，该被岁月改扮得须发皆白了。对于戏台可能是短短的时日，它的脚步只稍稍迈进了一些，由后墙变得多了两面侧墙。这似乎是微不足道的变化，在戏曲史上却十分关注这变化的内涵。无疑，三面围观的演出，只能是载歌载舞，倘多了情节的演示，两侧的观众便如坠雾中。因而，戏剧史家称，一面观看的戏台出现，标志着中国戏曲的完全成熟。

　　若要再东行数里，成熟的另一种面目便出来了。王曲村戏台也是元代的产物。但是，站在院中那两棵高高的大槐树下面，趁着树荫任你如何端详，也看不出这是元代戏台。原因是有了前脸，就这个前脸的增添，历史又移近了好几百年。到了清代，才有了这般装扮。这一装扮，戏台加深了，挺阔了，而且有了外耳墙，音量更便于收拢放射了。

很长时间，我都以为元代戏台是现存最早的戏台，听说山西师范大学戏剧文物研究所在山西省高平市王报村发现了金代戏台，我赶紧前去拜教。冯俊杰教授介绍了情况，还让我观看了他们拍摄的照片。照片上的戏台虽然残破不堪，仍让我欣喜万分。

数日后，翻山越岭，历经近千里路程，前来拜谒这金代圣物。这座金代戏台坐落在王报村的二郎庙里，二郎庙在高高的土崖上。走进庙里，一步跨进了没膝的蒿草，枯干的蒿草立时包围了我的周身，似乎对这个不速之客入侵它们的领地十分气恼，因而，已有藤蔓缠住了我的双脚，若是鲁莽举步势必跌倒。我慢慢抽出一只脚来，轻轻向前塞去，扎稳了，再移动另一只脚。突然，我打了一个冷战，当顶的头发蓬乍开来。扑棱一响，飞起一只孤鸟，还没待我看清是啥鸟，啪嗒一声又摔下一叶瓦片，瓦碎落地时，房顶的土簌簌扑地，如一股细烟垂挂下来。定睛看时，还有碎末飞起，又像是飘起的炊烟。同时，听到了"呜哇——"的声音。尽管那鸟已没了影子，我也清楚它是乌鸦了。好一场虚惊。

虚惊散尽，我继续移步，很快便落脚在台下了。台下是枯蒿，台上也是枯蒿。初春的寒风让枯蒿簌簌抖动，抖动出落魄的凄凉。仰脸去看，眼睛摆脱了枯蒿的蓬杂，却又挤进了台顶的塌漏。一座木构顶冠活像被啃噬过的鱼骨架，尚未塌落的地方绝似吃剩的残肉。而那残肉却又不似在鱼骨上那么粘牢，随时像要被风吹落，被雨浇掉。透过那缝隙，我看到了灰蒙蒙的天空，天空悬挂着朵朵云絮，若是云絮化雨，飘洒下来……真让人揪心，揪心！

给我些微安慰的是支柱。支柱虽是木头，却很粗壮，碌碡般粗圆的腰身挺胸直立，更何况连接台面的地方还垫支着圆木一般的巨石。这支柱给了顶冠一个安稳，也向我示意，立时的倾塌是不会的，只是风雨的渐蚀，它也无奈。我听到一声叹息，是我发出的，我却觉得是那顶冠的喘吁。

我沉默了！

我为这戏台的颓废惋叹，也对着这颓废礼拜。这颓废固然是不可否认的衰败，可也告诉后人这戏台历经岁月的沧桑。假若这舞台是齐整整、展堂堂的模样，我绝对不会有这般的敬畏。我几乎想跪拜这遗落荒庙的孤魂！

从沉默中醒来，已过了好一会儿时光。头顶的云竟然淡了，云中的日头透过裂隙为我射出一缕亮光。趁着亮光，我拨开蒿草，细看腰身旁的须弥座。座上的线刻纹路花花点点，断断续续，摘了眼镜，凑近，凑近，总算看出了端倪。模糊的石头上歪斜着一溜铭文：

时大定二十三年岁次癸卯秋十有三日，石匠赵显、赵志利

谁会想到这不起眼的字迹记载了一段远去的世事，的确这是座金代戏台，它创建于金世宗大定二十三年，也就是公元一一八三年。

谁会想到这荒庙里隐匿着戏曲史上的一个奇迹。

我心里说不出是什么滋味，惊喜，敬畏，惋叹，怜悯，好像都有。

如今伏案敲击，往日的惋叹，怜悯，一扫而去，王报村的金代戏台早已修复，以当代精神挺立着古代身躯。的确，近些年文物得到重视，得以修复保护，我像喜欢中国辉煌历史一样，喜欢起可以见证历史辉煌的过往古迹。戏台也不例外，金代戏台在新时代获得重生的机遇。

墓台：寻常看不见

开眼，大为开眼。

观赏过高平市王报村金代戏台很久了，仍然难以平静。那是一种既侥幸又遗憾的感觉。侥幸看到了唯一的金代戏台，遗憾为什么只是唯一？难道再没有吗？不能没有，只是时光中的风霜剑戟，损毁了它，湮灭了它。

我以为再也看不到金代戏台了，却没有想到还能看到。不过，不是在地上，而是在地下，在墓葬当中。

起因便很偶然，我不是直接追寻金代戏台，而是探究戏剧角色。起先我阅读过顾学颉先生的著作《元明杂剧》，内中有关于角色的专门论述。文中将角色写作"脚色"，这么写道："元杂剧中演员的脚色，约可分为四大类别，即：末、旦、净（包括丑）、杂，而以末、旦二为主。"可见，元杂剧的角色虽不及现今生、末、净、旦、丑如此完备，却也基本成熟。那么，这是在元代成熟的，还是先前就已成熟？带着这个问题我追索到周贻白先生的《中国戏剧史长编》，可是书中也无法消解我的谜团。周先生专节讲述《中国戏剧的形成》，可是着墨多在宋代的大曲与词、俳优与戏剧、傀儡与影戏、诸宫调与唱赚，而没有深入探究角色。再往后直接关注的是宋元南戏，金代被忽略了。

金代为什么被忽略？肯定是缺少可以佐证戏剧的文物。如今，随着金墓的发掘，一批珍贵戏剧文物进入人们的视线，活跃在金代的角色蓦然呈现在世人的面前，我便前往观览。

稷山马村段氏三号墓室砖雕，镶嵌在南壁门楼上，总共排列着五名俑人。自左至右，第一人戴幞头，穿长袍，扎束带，右手还提起长袍的前襟；以下人物，穿戴与前者大同小异，只是动作与道具不同。第二人双手执一短木棒，似是槃瓜，涂有三角胡须，应是副末；第三人双手交叉于胸前，右手执扇，应是引戏；第四人一手护胸，一手捧腹，应为副净；第五人双手秉笏于胸前，似为装孤。观赏完角色，再扫一眼，哈呀，这些个角色所在的门楼，不就是一座小型戏台吗？是，又一座金代戏台。

无独有偶，稷山马村段氏四号金墓砖雕，同样在南壁门楼上也有座微缩戏台，人物比三号墓室还要多，分列在上下两个台阶。前排角色砖雕，上半身圆雕，下半身连于后壁砖墙上；后排全部为砖底起凸半圆雕。自左至右，除第一位女扮男装者无法确认角色外，其余三人基本角色分明。第二人似是副净，头戴平顶巾，着衽衫，扎腰带，胸腹袒露，合手作揖；第三人似是引戏，头上软巾诨裹，身着圆领窄袖长袍，腰带打结于前，左手拿把扇子；第四人似是装孤，衣着与第三位相近，双手合于胸前，为执笏情状。后排五人是伴奏乐队，有敲大鼓的，有击杖鼓的，有吹笛的，有打拍板的，还有吹筚篥的。

如此两座金墓砖雕都有戏台，都有戏剧角色，有副末、引戏、副净、装孤，还有吗？有。在稷山马村段氏五号金墓中，出现了末泥和副末。末泥，头戴朝天交角幞头，身穿短袄长裤，系有腰带，右手将一支木杖举于胸前。副末，软巾诨裹，脑后插花，左衽衫，前襟掖起，右手指伸置嘴中吹口哨。又增加了两名角色，还有吗？还有，在稷山马村段氏八号金墓出现了装旦角色。头梳同心髻，左衽襦，穿长裙，一看就是装旦。当然，凡有角色，其所在处就是戏台。

像这样能够将戏台和戏剧角色集为一体的古墓，还有稷山化峪镇二号金墓、稷山苗圃一号金墓、垣曲古城镇宋金墓，尤其是侯马董明墓的北壁，那座小戏台更为逼真，台上活跃着生、末、净、旦、丑五个戏俑，生动活泼，惟妙惟肖。远去的世事虽然消失在岁月的风尘里，可暗无天日的墓葬却悄然无声的收藏了那些往事，迷离的戏剧和消逝的金代戏台，在这里变得真切清晰。真感谢这些古墓，不，应该感谢的是中国人的思维方式。中国人历来认为天地有阴阳之分，生则为阳，死则为阴。阳界如何生活，阴界就如何过日子。缘此，入土为安，不是将人埋葬即为安，还要将在阴界过日子的东西置办齐全。普通人的日子，有柴米油盐即可。富贵人的日子有这还不够，还要有琴棋书画，还要有歌舞饮宴，自然少不得活着最喜欢的戏剧。演戏，自然少不了戏台。

无心插柳柳成荫，古墓竟然成为探究金代戏台和戏剧的黄金场所，真是有趣。

草台：聚散皆是缘

走进古代戏台的天地，我得知了这样一种戏台：草台。

于是，我在寻访过程中特别留意草台。然而，在我亲睹的近百座古代戏台中没有一座冠之草台。这是怎么回事？

车文明先生几句话消解了我的疑惑：草台，是演戏时随地搭建的，演完后就拆除了。有些戏班便随身带着搭台的物具，到了没有戏台的村落，只费举手之劳就可撑起一台。

哦，原来是这么回事。世上的道理和事实往往就隔那么一层薄薄的窗纸，智者一捅就破，可以通过纸洞看到全新的物事，而愚者只能窝圈在暗室翻来覆去折腾自己。我承认自己是愚者。

不过，我可以借助智者的窗洞瞭望外面的世界。一看，我禁不住笑了。我笑自己，草台这事体自己就曾操持过呀！一九九八年四月，名扬天下的临汾尧庙在一把大火中化为灰烬。为光复这座祖庙，我被委以重任主持修建工程。呕心沥血费神劳力，终于一九九九年十一月全面落成。一个盛况空前的祭尧大典借落成之期举办，这当然需要有个戏台，一台唱给帝尧的大戏。可惜，尧庙没有戏台。曾经纳闷，为啥常见的庙宇都有戏台，唯独尧庙没有？解开这个谜是后来的事了。

记得先前听游人说过：白天看庙，晚上睡觉。是说，山西庙多，庙多是因为神多。中国是一个多神的国家，说不清有多少位。可那时我并不知道，神也是要分等级的。正统神是上等，民间神是下等。为上等神建的庙又分两种，一种是本庙，另一种是行祠。行祠由地方里社掌管，而本庙必须由官府主管，因为本庙要由朝廷遣官祭祀。祭祀礼仪也不相同，区别之一就是乐舞。本庙祭祀只能用雅乐，歌舞百戏历来被皇帝视为俗乐，当然不能登大雅之堂。临汾尧庙在汉武帝时就被定为国家祭祀的本庙，隋朝正式形成制度，元代马端临《文献通考》记载："隋制使祀先代王公：帝尧与平阳，以契配；帝舜于河东，咎繇配；夏禹于安邑，伯益配。"正因为如此，歌舞百戏无缘进入尧庙，尧庙也就没有必要建戏台。只是，历史为现实出了个难题，我措手不及，只好搭了个临时舞台，好好为帝尧献演了几场歌舞。真没有想到，我会傻到这种地步，亲自操持过草台，却为寻找草台而劳神费脑。

明白了草台的意思，马上联想到关帝庙戏台。那年游览运城市关帝庙，看到过一种戏台，因为戏台是在穿厅而过的门楼下，我以为是穿厅式戏台，而解说员说是搭板戏台。倒也是，若不搭架预先构制好的木板，门厅只是门厅，楼基只是楼基，肯定无法唱戏。恰是这搭架木板的做法让我觉得这戏台也和草台有扯不断的勾挂。专家口中的草台是在演出前后全搭、全拆，关帝庙戏台显然不完全符合这种标准。但是，也要搭，要拆，起码可以说是座半草台吧！

那就走进关帝庙看一下这座半草台。关帝庙的半草台在御书楼后面，始建于乾隆二十七年，即公元一七六二年。从门中穿过，下台阶时可以看到两侧留有铺设台板的茬口，可能嫌台面不够宽阔，在台基外一米多的地方立有四根木柱，木柱和台基齐平的位置，开有方型槽眼，而台基处留有茬口。演出时把木板插进木柱架宽的台基，戏台便延伸开阔不少。驻步观赏，不得不感叹古人的精明。

往关帝庙大门口走，雉门也有几乎相同的台面，只是木柱没有搭板的槽口，可台基宽了好多，显然往外搭板不必要了。这雉门半草台与雉门同步施工，创建于清宣统三年，即公元一九一一年，比御书楼迟了一百多年。在同一座庙里为啥要建两座戏台？懂行人说，关羽喜静，夜里要在后楼上读《春秋》，后楼也就名为春秋楼。春秋楼离御书楼很近，难免不惊扰关羽的逸兴，所以，增建雉门戏台，不再在御书楼唱戏。这好像有些滑稽，岂不知，自打关老爷由侯封帝，由人为神，民间对他的禁忌也就多了起来。别的不说，只说唱戏。明清两朝都有"优人不得以前代帝王为戏"的规定，这是要维护皇家尊严。于是，关羽也受了牵连，因为明神宗已经把关羽封为"三界伏魔大帝、神威远震天尊、关圣帝君"，既是帝君，就不能以之为戏，可民众很喜欢看关帝戏，怎么办？你道民间怎么化解这个难题？你殚心竭虑也想不出来，他们将剧本小做改动，凡是关羽关帝关老爷一律以关平相称。关平这小子居然依仗老子的名声威风了好长时日。

在雉门前小憩，同庙中的管理人员谈戏，说起扮演关帝，得知演出时还有颇多讲究。

首先要给关帝涂红脸，表现他的忠心赤胆，参天大义。在红脸上画卧蚕眉，忠厚威严；描丹凤眼，智勇秀媚；挂五绺须，成熟老练。还要在脸上描画七个小黑点，据说关帝曾打过铁，火星溅到脸上烧了七个伤疤。也有人说不是这样，关帝是上天的星宿火德星转世，脸上画点是代表北斗星，真是越说越玄乎。其次，关帝要戴夫子盔。所谓夫子盔，是他戴的头盔和一般的帅盔不同，也不同于平常的将盔，而是专门为他设计的。黄绒球，绿盔头，还有特大的后兜，两边垂有黄丝穗和白腰带，看上去英俊威风。因为关帝是武圣，与文圣孔子齐名，这头盔就称夫子盔。再者，兵器是特制的青龙偃月刀，马鞭也是大红色的，当然是象征赤兔马了。如果是文戏，少不了还要备一本《春秋》，因为关帝喜欢读书，尤其喜欢读《春秋》。

有趣的还不是这些，是演出过程更为讲究。谁要扮演关帝，登场前十日就要单室静处，吃斋沐浴，不吸烟，不喝酒，也不能有房事。化好装，正襟危坐，不得同他人言谈。上场后，关帝要儒雅稳重，微闭双眼，仅余虚目。千万千万不要轻易睁眼，因为关帝睁眼就要杀人。但这虚目还不能虚而无神，要蓄神聚气，含威不露。关帝走动是龙行虎步，稳健凝重，静留松柏姿，动有雷霆势。最有趣的是，别人上场要自报姓名，而关帝却自称"关某"，别人称他"关公""君侯"，就连他的对手、敌人也称他为"关公"。这叫法似乎违背了常情，可为了尊崇却打破了常情。一来二去，不合情理的叫法也叫成了情理。幸亏其他情理的产生不都这样滑稽，否则这世事岂不乱了秩序？

对了，还有件趣闻，据说关帝临出场的时候，戏班拉场人员还要在鬼门道烧一张黄裱，保佑演出成功。有一回，运城蒲剧团省了一张黄裱，关帝武打正紧，青龙偃月刀一抡，后把柄竟然飞出数丈，差一点伤了台下的观众。吓得戏班慌忙停戏，烧裱重演。

关公戏这么难演，演出还是长盛不衰。关汉卿写过《关大王独赴单刀会》《关张双赴西蜀梦》，郑光祖写过《虎牢关三战吕布》。民间流传的关公戏比比皆是，京剧有从关公出世演起的《斩熊虎》，至《走麦城》《雪地斩越吉》，一连三十六本。解州人还不过瘾，又添了一本《关公战蚩尤》的大戏。这出戏神幻怪异，据说有一年运城盐池水干池枯，不再产盐。乡民问神，神示盐池为蚩尤霸占。关公闻知，挺身而出，一场鏖战，杀败蚩尤，盐池复又水盈盐溢，万民欢喜。我在雉门静坐，心中却飞花走絮，热闹非凡，在这早春的寒寂里远观世事，也像是看了一场五彩缤纷的关公戏。

扯远了，还是回归戏台。这雉门戏台，御书楼戏台，都是古人的精明。一门多用，一楼多用，又省了庙里的空间，真不可小看这简单的半草台。原以为，关帝庙这戏台风骚独领了，哪料到我去看那芮城县永乐宫元代戏台，竟也是这样的搭板戏台。早在元朝就有了这样精明的建筑，真让人刮目相看。

永乐宫的搭板戏台是它的大门，称无极门，又称龙虎殿。称无极门，是因为这门正对主殿、三清殿，进门即可登殿。称龙虎殿，是前头还有牌坊式山门，可起门脸作用。门和殿无关重要，重要的是戏台，而且是搭板戏台。早在元至元三十一年，也就是一二九四年，就有了这种简便的、两用的戏台。

见到这座戏台前，我头脑中的元代戏台均是简朴的模样。近乎四方的台基隆起一米左右，坚固的石柱、木柱以及墙体，支撑着简练的顶冠。同明代、清代的戏台相比，少有雕饰工艺，少见聪慧外露。那聪慧大化在拙朴中，为外在的粗犷所掩饰。这似乎正好吻合了蒙古民族强悍彪壮的特征。但是，这座搭板的元代戏台，却给了我另一种感觉，也就是精明外露的感觉。我忽然觉得，一个时代有一个时代的主流，主流往往是这个时代引人注目的东西，当然也很少被人遗忘。而主流之外仍有潜流，仍有细流，却往往被人忽略了，遗忘了。不可否认，主流在形成之前，是有创造力的，然而一旦形成只需要推动力了，随波逐流便成了一种趋势。留在我印象中的那些元代戏台无疑是随波逐流的产物。如此看来，永乐宫这不入流的搭板戏台犹如鹤立鸡群，在冠领时代新潮。

世事已经做出了这样的明证，关帝庙两座搭板戏台，以及后来众多的同类戏台，均是由元代这戏台导引的结果。一花引来万花开，这花不光同模同样，而且，不止一样，还有另一种新奇模样。

馆台：偶听故乡音

馆台，是会馆戏台的简称。

起步探访古代戏台，我没有把会馆戏台放在应有的位置，只想一两笔带过。没有想到缺少了对此种戏台的考证展示，就无法说清两个问题。一个是元杂剧的衰弱，一个是山陕梆子的兴起。更重要的是，回答了这两个问题，另一个问题也迎刃而解。这个问题是：戏剧是如何传播开去的？

元杂剧由盛到衰、再到消失的原因，《中国戏曲通史》认为是多方面的。随着元代统治的稳固，那种反映被压迫者生活斗争和思想愿望的作品受到限制，逐步消失，剧目内容苍白灰暗，数量减少，表演方式也因成熟而趋于凝固，显出其局限性。由此，我们至少可以看出元杂剧衰微、消亡的两方面原因，即内容和形式。前者关于剧目的生活斗争、思想愿望及时代精神可谓内容，后者表演方式可谓形式。一般来讲，内容和形式的关系，形式应该从属于内容。形式的成熟是一种好现象，任何一种事物，都有一个起始、发展到成熟的过程，成熟中无不透视出收获的喜悦。可是，喜悦中也隐含着衰败和僵死。这有如花开就有花落时，果熟即有果坠日，艺术亦然，一旦成为某种定式，也必然隐潜着僵化和消亡。确切地说，元杂剧表演方式的成熟即潜伏着消亡的危机。形式的僵化不可怕，因为它必定是内容的从属物，内容的变化可以催化其由青涩走向成熟，当然也可以促使其突破局限而发展。问题的关键是内容萎缩，而使形式的变迁也成了无可奈何的徒劳。

元杂剧内容萎缩的原因无外两点，一是因为开放科举，使剧作家减少，进而导致剧本减少，这是间接原因；另一点是直接原因，是皇家直接作用于元杂剧，使它成为宫廷打诨逗科的消遣之物。无论是直接原因还是间接原因，都可以看出这么一个端倪，即元朝统治者走上成熟和完备。开国初期，百废待兴，问题庞杂，自然对科举这样的事体难以置上案头，更不要说是消遣取乐了。更何况，蒙古牧人进入中原之后，在统治手段上与原有的封建机制格格不入，尚有一个了解、认知和认同的过程，娱乐方式恐怕也有此等原因。科举制度的开放，元杂剧进入宫苑，完全可以视作游牧民族的统治者，已经被浩瀚的中原文化同化。这种同化使之走上了封建统治的规范途径。正是这种规范统治，扼杀了元杂剧。

其实，元杂剧的扼杀，并非扼杀者所自觉为之的。或许，元杂剧进入宫苑是扼杀者的一种钟爱。在这里爱却成了罗网，这种罗网束缚了元杂剧的脉络，割断了它与人民的情缘，而这种情缘的阻塞，使之很快消失了生趣。

元杂剧消亡的事实，引人回首追忆它兴盛的往事。元代初期，民族矛盾非常严重，元杂剧抒发的是人民的心声，成了怒放于专制者祭坛上的鲜花。如此推理，元杂剧的生存和发展正是统治者的某种忽略，倘若他们看穿了剧中隐伏的不满情绪，必然会严加取缔。正是统治的不完备，不成熟，才成熟和完备了元杂剧。显而易见，艺术生长的可怜，真正的艺术总是成长于夹缝中。而这可怜的艺术又充满了生命力，根源很难斩断，只要气温适合，就会突然暴长，长出参天的躯干和繁茂的枝叶。

弄清这样一个历史趋势。即使元杂剧再消亡一次，我们也只能隔岸观火，无法救助。只是仍然引我沉思的是，皮之不存，毛将焉附，为什么我们面前的这些古代戏台，没有随着元杂剧的衰微而衰微，消亡而消亡，至今仍然崛然于世？

这是因为在元杂剧消亡的过程中，一种土生土长的戏曲艺术悄然萌生了——山陕梆子。山陕梆子是流行在山西南部、陕西同州（今韩城）一带的俗乐土戏。它借鉴元杂剧的表演形式，改造本地流行的俗曲、民歌腔，伴之以人物故事，也就成为梆子土戏。这种土戏，质朴通俗，生动活泼，语言明快，激越高亢，充满了浓厚的乡土生活气息。山陕梆子基本上是农民及农民出身的艺人创作的一种戏曲。农民没有高深的文化修养，但生活丰富，语言生动，一旦进入文艺创作，就使几近凝固的戏曲园地充满生机，顿显春色。所以，当元杂剧毕竟东流去时，没人捶胸顿足，扼腕叹息，因为山陕梆子春风吹又生了。正是如此，昔日元杂剧的承载物——元代戏台，今日恰好用来运载这种新兴的戏曲——山陕梆子。这也许就是元代戏台没有消失而继续存在的原因。存在即有其合理之处，所谓合理就是具备存在价值。

我在魏村牛王庙戏台看到过这样的场景。其时，这戏台不是现今这种模样，它同现代舞台一样，只敞开一面，朝向观众，三面是合围的。那是一个特定的年头，一场铺天盖地的"文化大革命"洪流正在席卷祖国大地，牛王庙戏台也成了毛泽东思想文艺宣传队活跃的阵地。在这曾经演出过草原牧歌的地方，一伙手舞足蹈的红卫兵把"造反有理"的吼声送往每一双惊诧的耳孔。那种气魄，那种声威，恐怕即使那来自游牧民族的蒙古大汉也自愧弗如。在世间一切事物中，最会制造幽默的似乎不是人，而是时间，时间可以改变一切，可以消融一切，也可以戏弄一切。这个小小的插曲很快过去了，有幸的是元代戏台没有被当作四旧推倒。刻下，这戏台已经成为全国重点保护文物，而且，当初那不知谁补砌的东西两面山墙也被拆掉，元代戏台还原了元代面貌，仍然可以三面围观。

在探求元代戏台历经沧桑，仍然安卧于世时，我们得出了这样一个结论，由于山陕梆子代替了元代杂剧，所以，元代戏台又上演了新的剧种，戏台也就因其价值的存在而存在。

如前所述，山陕梆子又称山陕土戏。这种土戏是民间艺人们吸收了元杂剧的某些风味，将当地两句式诗赞体的说唱艺术和傀儡戏的特点加以融合而逐渐形成的。梆子戏的成长历经了漫长的岁月，直到明代的嘉靖、万历年间，才初具规模，临汾出现了得胜戏班，与之相邻的县出现了蒲州义和班、永乐镇仁义班、豫升班等戏班。有名的荣邑新盛班，居然可以上演八大本开台剧目了。

进入清代，梆子戏逐渐形成板腔体戏曲的独特风姿，活跃于花部戏曲之林。到了清代中叶，山陕梆子开始长足向外发展，几乎遍及华北城乡和全国许多大城市，赢得了广大城乡观众的普遍赞赏。

咸丰、光绪年间，清代统治衰相日浓，山陕梆子却极为红盛，而且波及京城。直至今日，北京城的"平阳会馆"还有戏台存在。平阳是临汾的旧称，会馆戏台上演的就是山陕梆子。这座戏楼的建造方式与民营结构明显不同，观众席由三个独立的双层楼围抱，上边扣了一个屋顶，相当完整。这种格局，除紫金城的"畅音阁"和颐和园的"听鹂馆"外，极少见到。由此可以看出平阳商会在京都的地位，也可以看出山陕梆子在北京的荣显。

这便带出戏剧传播的一个动因，即随着商帮流动。明代时全国六大盐市，平阳府解州即为一处，而且产盐量每年三千万公斤，仅次于两淮、两浙。当时明室为减轻边地军粮运费，确定凡贩运盐商必运军粮，才能换得购贩盐证。这样一来，晋南乃至山西，不唯盐商多，而且粮商粟店，钱行客栈，普遍建立。随之，山西会馆、山陕会馆、三晋会馆等在北京、河南、湖北、苏州、杭州、四川、云南、贵州以及广东均相继建立。山西商人旧时简称"晋商"，为全国之冠。许多史料证实，山西商人宋代开始形成，明代时与徽商同成两帮，活跃于大江南北。谢肇淛《五杂俎》卷四记载：富室之称雄者，江南则推新安(安徽)，江北则推山右(山西)。这些商帮为了娱乐和消遣，把家乡戏带了出去。当然，也不否认他们以家乡戏为荣，招摇于繁华都市，夸富抖阔，炫耀自我不凡，促进生意兴隆。

戏剧传播的另一个原因，则是缘仕宦的流动而流动。蒲州城有个王崇古，嘉靖二十年中进士。曾任刑部主事，先后在今安徽、武汉、江苏、河南、内蒙等地居官或带兵。他在江南抗击过倭寇，在河套地区抵御过蒙古侵扰。在他任职的地方主张盐粮兑换，招商营运。他所到之处，社会安定，商业繁荣，文化活动也十分活跃。他随时带有家乡的蒲州戏班，南来北往，既供自己娱乐，也传播了戏曲文化。

还有一个充满戏剧性的论据，是出自杨慎写的一首诗：

平阳音乐随都尉，

留滞三年在浙东。

吴越声邪无法曲，

莫教偷入管弦中。

杨慎是位诗词散曲作家，也是位杂剧作家。吴越声音邪与不邪，我们不必留心，需要留意的是首句"平阳音乐随都尉"。都尉即于驸马，于驸马本是平阳人，他去浙东居官，平阳音韵也随之去了，而且"留滞三年在浙东"。毫无疑义，仕宦的流动也带动了山陕梆子的流动。

如今，会馆戏台还见得到，而仕宦观赏戏剧的戏台难以寻觅。所幸，那年去深圳大鹏所城，居然看到了一座戏台。大鹏所城是清代专门设置的海防城垒，居住其中担负防御重任的将士，也需要娱乐，所以便挺立起一座体量庞大的戏台。窥一斑而知全豹，这个意外看到的戏台，让我牢固了仕宦促进戏剧流动的见解。

小　煞

小煞，不是煞尾，是模拟元杂剧的结构来个章回结尾。

从露台、舞亭、墓台，到草台、馆台，戏台渐趋多样。我不想用万紫千红来形容，因为本折的主旨不是鉴赏戏台的形姿，而是探究中国戏剧的萌生、成长与成熟。这不是我刻意为之，而是自撂地为场、宛丘歌舞、露台表演，进而到形成舞亭，是一个戏剧漫长的渐进过程。舞亭的出现，也有个变迁过程，从三面开口，到一面观看，体现出有歌舞杂耍，到情节表演的进化。戏台，无疑是戏剧历程的见证物。

戏台随着戏剧萌生、成长、成熟，也随着戏剧荣盛、衰弱、落寞。

古代戏台，是古人演戏、看戏的载体和场所。

古代戏台，是今人探究戏剧发展的珍贵文物。

第二折　千里绿映红

　　本折的敲击尚未开始，心里已在暗暗得意。得意把这本书的主体，定位于山西古戏台的深度探究，并以此浓缩遍布神州大地的古代戏台确实对了。对在何处？看完本折你就会明晓，山西古戏台不是孤立的存在，而是华夏戏剧和戏台的缩影。这些戏台不只蕴含了戏剧的成长史，荣枯史，还展示了古代戏台的多种样貌。

　　百花竞放，千姿百态，万紫千红，繁花似锦……用哪一个形容词也无不妥。可是，用哪一个形容词也有些虚无缥缈的感觉，总觉得有点难接地气，难以对应古代戏台本真、拙朴，而又生动醉人的体貌。

　　禁不住引出一句：淡妆浓抹总相宜。

　　吟毕，就觉不妥。戏台不是西湖，没有丝毫的柔性柔情，是骨骼铮铮的构架，以此作比似乎是笔者词语的困乏所致。不过细一想，还是未作改动。这不是抱残守缺，或许，读完本折你会认同我的比喻，没错，这些戏台就是淡妆浓抹总相宜。

一本大书：山门台

山门戏台是一本永远读不透的大书。

寻访古代戏台，不时会与山门戏台碰个对脸。在芮城县东吕村关帝庙、在万荣县庙前村后土祠、在介休市后土庙、在太谷县阳邑镇净信寺，我都看到了山门戏台，禁不住感叹山门戏台众多而华美。似乎造物主还嫌那些戏台零散，还嫌我观赏得不过瘾，特意为我安排了一场视觉盛宴。于是，有那么一天，向我集中展演了山门戏台。

那一天，先是山重水复，继而柳暗花明，枯燥的日子突然变得富有情趣。

一早，在高平市王报村领略过金代戏台，神魂饱受了罕见的惊诧和欣喜，沉浸在兴奋之中。出村上路，想直奔神农镇去，却被当地人拦住了，说路不好走，必须绕回高平城区。绕就绕吧，宁走十步远，不走一步险。年岁渐高，求稳求妥才是生命的安全途径。绕道前行，大道平坦，行驶得飞快。无意间往窗外一瞥，右侧是一座高高的村落。村落中簇拥着一组古旧的房屋，一眼望去便觉得那是座庙宇。弯过车头，转眼进到村里，来到那群旧房前，果真是座庙，翁仙庙。庙院不小，建筑密集，山门和主殿的甬道加盖了顶冠，成了廊坊，廊坊中竖立着不少碑石。而那悄悄耸立的门楼就是一座造型精美的清代戏台。这得来全不费工夫的收获让我陶醉和满足。

也许是这收获太容易了，接下来我很快便遭遇了沮丧。

在神农镇下台村我被拒之于炎帝庙外。一堵高墙拦住了我的脚步，遮住了我的视线，我只能看到墙头露出的厦脊和房檐。那厦脊和房檐撩拨着心绪，真想插翅飞进去。听说学校的校长有钥匙，而这天正逢周日，校长下了地，我爬上土坡找到地里，地里一片空落；又听说村委的通讯员小邢有钥匙，穿胡同，绕弯道，敲开家门，人外出了……我在村胡同里徘徊、焦虑，看着隐在云后的太阳渐渐升高，真是火烧火燎，无奈，一咬牙走人，不要把时间消耗在这里。

直奔陵川县，虽然重返高平，南进东拐，但很快进了陵川县礼义镇，来到了崔府君庙前。庙基高，庙门高，一看就是座十分威严的庙殿。喜滋滋跨上台阶，却又面对了一把很大的铁锁。真是无独有偶，我又被拒之门外了。不过，庙前有一座小矮屋，矮屋中冒着岚烟，岚烟给我一丝希望。前去询问，一位面无表情的老妪说管事的进城了，再问，问不出话了。我的心一下子凉了，那个并不冷的天气顿时寒瑟瑟的。在周围转转，越转心里越痒，越想进到庙里。可是，坡陡墙高，没有奈何，只好边吃饭，边等待，等待管事的掌钥匙的先生回来。饭吃的时间不短，再返过来，依然碰了一鼻子灰。

我又灰心了，不能再等待，只好驱车直奔长治县，去看南大掌村城隍庙戏台，不想，路又断了，必须绕道壶关县方向。这一绕要多走五十公里，可是返回去，路程更远，倘若当时从神农镇直奔南大掌，那可就近多了。说什么都是多余了，绕就绕吧，好在路是新铺过的，不甚宽，却平平坦坦，车也就加速前行。

弯过一座山头，车子加速，我往左侧扫了一眼，这一眼却扫出了少见的惊喜，一座庙堂落卧在土垣上。跨上台阶，直奔庙门，问是何村，答是神郊，再看门额大字：真泽宫。好呀，这正是要去的地方，不过，原是打算从长治县到壶关县再做打听，没想到竟意外相遇。

是一座山门戏楼，建筑宏阔，连排三台，实在罕见。连忙上下观览、拍照，忙了个心满意足。再上车赶路，沮丧、懊恼全没了，似乎先前的封堵和弯绕都是上天的安排，安排我到这深山幽谷中来叩拜这珍贵的戏台。车在山里行走，路面没有先前好，时而弯在谷里，时而绕上山梁，越弯越绕，也就越感到这偶遇的珍贵。倘从壶关城里找来，不知一路打探要费多大的周折，幸运呀幸运。没想到接连而至的扫兴后面，会紧跟着少见的幸运，于是，我便在这偶遇的幸运里体味人生前途的不可预知。

走了一程，又走了一程，约莫北行的够可以了，沿一条路西行又环绕南去，很快找到了南大掌村的城隍庙，庙里又是一座山门戏楼。高昂的土崖将戏楼高举在头顶，那气势够人仰慕的。

又往前赶，赶进长治市区，进了城很容易便将车停在了城隍庙街口。城隍庙殿宇阔绰典雅，古旧的石牌坊立在门前，给那庙一种深远的意蕴。沿着深蕴觅去，看到的是阔朗，挺立在阔朗中的戏台自有一种洒脱。近前观之，也是一座山门戏楼。

轻易的找到为探古访宝节省了时间，原打算夜宿长治市，立即改变主意去看平顺县九天圣母宫。出城后太阳西斜了，平坦了没多远，又拐进了山里。轮下虽是沥青路，可由于油面的脱落添了好多坎坷，车子只能耐着性子颠簸。岔路又多，唯恐走错，每见一条都得打探。可山路上人少得出奇，走好远难见一人。眼看着太阳光淡了，搁在了西山梁梁上。早听说不远了，不远了，可弯呀绕呀，就是到不了这不远的目标。心里便揪揪地，要是找到了，天黑了，不也是枉然吗？

好在天光恩赐着真诚，当九天圣母宫出现在崖顶时，还有些微的亮光。照相机依然可以咔嚓咔嚓成像，我来回探看，边看边拍，一连拍下十数张。紧张完妥，收拾得意，才注意到拍进相机的仍是一座山门戏楼，且更为雄伟壮观。

半天之中，连遇四座山门戏楼，似乎蹊跷，可这奇巧绝不会是平淡的偶然。夜里难眠，我仔细玩味这巧遇的戏台，越玩味越觉得这建筑非同一般。

山门戏台的兴起是在明朝后期，到了清代更是举目皆是。我感兴趣的不是兴盛，而是初始。始创山门戏台的工匠，真是罕见的智人。戏曲的勃兴，献演的红盛，使戏台已成为庙宇中不可缺少的建筑。此时，庙宇也有了固定的建筑，山门、献殿、正殿、侧殿，外加后殿和寝宫。当然，戏台也是跻身其中的重要一员。是否繁多的建筑壅塞了庙中的空间？是否空间的窄小影响了众生的看戏？是否这烦人的问题启开了匠人的茅塞？但可以断定，山门戏台的出现肯定不是为了别开生面的创造，而是为了经济、节俭的实用。只是这实用潜在了创造，潜在了创造的特质——别开生面。

是的，别开生面，山门戏台有别于先前的戏台，属于另一种面目。可这面目，丝毫也没有影响了原先的功能，却还增添了新的用项。戏台初生时，台的形态便决定了一定高度的托举，托举出艺伎伶人是为了便于观赏。但是，夯土的台，垒石的台都要填充不少土石，填充时费力也还罢了，还要占据一定的地盘。而那门，那山门，仅仅是一墙之隔的通道，既是对外的阻止，又是对外的开放，如果仅仅是这单一功能也罢，问题就烦在这每一建筑都要能显现庙宇的威严。因而，山门往往成了门楼。门的用途依旧，楼的功能欠缺，除了展示威严，只能是一种防护设施。

现实的矛盾往往是创造的机遇，创造的活力就在于不削减先前的用途，不损折先前的容颜，却又能增添新的功能。由是，戏台向山门移步，并空出一条通道；山门向戏台挺阔，敞朗出足够的空间，这就创建出别开生面的山门戏台。

第一座山门戏台诞生在哪里？缔造这生面的智者又是何人？我翻遍了所有的资料没有查到。这才明白，时光提供一切物什生成的机遇，也有消散和扫除一切物什的魔力，甚而包括记忆都可以静悄无声地抹去。因而，我只好去做这样的猜想，山门戏台是由永乐宫搭板戏台演变来的。它的缔造者即使没有去过永乐宫，没有看过这座搭板戏台，也可能看过相似的戏台。当人们从台上踏步而过的时候，它可能忽然顿悟，将戏台置于头顶，而从底下穿过。这样的猜想很可能是错误的，但却不会一点道理也没有。任何事物的变化都有个过程，戏台亦然。从撂地为场，从宛丘为场，从露台做戏，到独立戏台的形成，虽然不是一个宏观设计的自觉演进过程，可其中的环节缺一不可。这环节是由物质形态，也就是各类戏场展现的，重要的却不是这表象，而是内在的思维环节。那环节构成了一个完整的连贯。连贯链条缺少了哪一个环节也难以成型。据此推理，我将永乐宫那种搭板戏台摆在了启发山门戏台生成的重要位置。

时过境迁，没有必要再为山门戏台的生成费心竭虑，毕竟它不像四大发明那样脍炙人口，也就不会让缔造者名垂青史。一部社会史是群星一般的民众创造的，可那繁密的星空为人知名的太少太少了。刻下，我观瞻的是无处不是的山门戏台，由此推想，当第一个山门戏台拔地耸立时，那喜庆的锣鼓惊喜着远近的乡民。乡民们奔走相告，传递着这门台合一的佳音。忽如一夜春风来，千树万树梨花开。山门戏台立即在太行山间，吕梁峰峦，汾河两岸，晋陕峡谷流行开来。于是，在我奔波寻访的时候，随处可见这红盛的流布。

如果要让我勾画山门戏台的风貌，我要用一个现成的词语：千姿百态。从规模上看，有一门一台的，夏县裴介村关帝庙正是这样；有一门多台的，壶关县神郊村真泽宫一大两小并列着三座戏台。从过道上看，那门洞有砖圈的，介休县源神庙、临县碛口黑龙庙戏台正是这样；有木板铺搭的，长治市城隍庙、文水县则天圣母庙戏台都是木制的结构。从檐顶上看，有悬山顶的，芮城县东吕村戏台和我所见过的多数戏台都是这样。不过也有例外，介休县源神庙戏台便是硬山顶构成的。尽管这些山门戏台大同小异，但大同却没有影响其中的小异。甚而，小异改变了大同，改进了大同，使大同仅仅留下了山门戏台的名称。在小异中山门戏台百花齐放，五彩缤纷，绽露出古代乡村剧场的绚丽姿色。

竞争产物：二连台

没有想到二连台就是唱对台。

对台在我的记忆里有很长时间了。确切地说，应该是对台戏在我的记忆里时间很久了。小时候，我很爱看戏，是个戏迷。附近哪村有戏，都随了小伙伴去看。个头矮小，时常被前头的大个子遮挡得看不清楚。便上树，爬墙，或骑着树杈，或坐在墙头，一无遮拦，看他个尽兴尽致。看够了，看饱了，二日村里地里，就一个话题，谈戏。谈戏的主角当然是大人，大人眉飞色舞的醉样，往往引逗得我，和我一样的娃们开口插言。一开口，却马上遭到醉者指责：

"小娃娃，嗳息（别说话的意思）着，看过对台戏么？"

一句话，问得我和伙伴们再不敢张口。好在此时，有人大谈开了某年某月某村唱对台戏的热闹景象。至今我还记得杨老六和王存才赛戏的情形。据说是在山西省洪洞县的侯村。老六班居西台，存才班居东台。此二班是远近闻名的"乱弹"（蒲剧）硬班，班主杨老六和王存才各有千秋。村社主持放宽限制，剧目由各班自选，只是要在开场前一袋烟工夫亮出戏牌剧码，让观众心里有数。演出胜负，落幕即定。

两个戏班摆出决战架势。既是决战，就得有些兵法常识，知己知彼，百战不殆，因而，双方都派人侦探了解对手的底码。亮牌逼近，杨老六得知东台：生、旦化妆齐备，未冠行头，难辨要演出啥剧目。王存才得知西台：摆好一桌两椅，红桌裙，红椅褡，还有木椽数根，似也看不出端倪。王存才听了却胸有成竹地一笑。

片刻，双方亮牌出戏。西台是《红洞房》，东台是《白洞房》，两个戏名都未见过，众人纳闷。忽然场中一老汉高喊：老六别蒙人了，你那《红洞房》是《蝴蝶杯》！这一下戳破了杨老六的把戏，临场换戏已来不及了，只好拉幕开戏。大幕一开，东台、西台各亮绝技，台下观众掌声如雷。毕竟王存才技高一筹，表演既活泛，又细腻，渐渐夺去了目光，而后扣住了人心。这肯定不假，如前所述，民间早有歌谣：误了秋收打夏，别误存才的《挂画》！还有甚者，说得更玄：宁误民国的天下，不误存才的《挂画》！

戏罢，杨老六甘拜下风，亲见王存才敬表恭慕之心。王存才更是虚怀若谷，见贤思齐。对方虽输了，却无损良好的风气。王存才认为杨老六治班有方，戏艺出众，慨然将自己的戏班归属杨老六执掌。从此两班合一，唱遍秦晋。这次对台戏成为梨园佳话。

这佳话已是遥远的风景，自然我与之无缘。我不仅没有看过对台戏，也没有见过对台。此次寻访古戏台，分外留意这种戏台。听说新绛县城有座一楼二台的古建筑，连忙前去寻觅。

那是一个早晨，红红的日头刚照亮老墙头，我已在爬一条古旧的坡道。坡道铺满坑洼不平的砖，这是悠久的时光和过往行人的共同作品。坡道上是城隍庙，戏台该是正对庙的。爬了上去，庙不见了，早已损毁在世人的激情下，拆了！有一保护标志，写明新绛三楼：乐楼、鼓楼、钟楼。鼓楼高巍目前，钟楼侧视可见，乐楼呢？左右打量不见，穿过鼓楼门洞也不见，正遇一黑须瘦汉，问之，不语，手指洞外。出了门洞，一看，哈！乐楼竟在坡道脚下。

下了坡道近观，是有两个戏台，上面一个，下面一个。上面一个稍矮稍窄，下面一个稍宽稍高，两台合一，形成一座高楼，称之乐楼。回头再看坡道，顿觉戏台奇妙。若是有戏，坡下的人看低台，坡上的人看高台，低的高的，看戏的视线都很好。见我来回观赏，有老者过来指点，这下一层是唱乱弹大戏的，那一层是演木偶小戏的。先前正月里，这城隍庙前红火着哩！日里演了夜里唱，一直要红火到二月二龙抬头时。问老者是否在这里看过戏，说是小时看过，后来庙没了，戏就停了。我便庆幸，庆幸拆庙者手下留情，没有一气呵平，把乐楼也推倒毁掉。

走出新绛一想，这城隍庙乐楼虽好，却不是要见的戏台。只好将之收藏在心间，继续寻觅理想中的戏台。五台县金刚库村的两座戏台，扑入了我的视线。戏台背靠着不远的山岭，面对着一地的空旷。早先的庙殿不见了，空旷的地上正在萌生新一茬的青草。旧一茬的青草经冬历霜已经枯干。天旱缺水的境地导致这枯草，该在蓬生的时节却先天萎缩，这不幸的枯草倒成了新草的幸事。春风一过，黄绿的嫩草立即有了出头之日。在那红火的往昔，小草年年都有灭顶之灾，每一场戏都会留下成千上万的足迹，那足迹会让小草顿陷囹圄。好在刻下，站立的戏台已经没有了戏台的本质，只是作为一种文物在说明着过去。坐在绵绵的枯草上，身心都滋润在少有的静寂中，只有偶尔掠过的轻风不断撩起感情的涟漪。我知道，戏台的屹立就是喧闹和红火的写照，更何况是两座戏台呢！两座戏台实际在展演着生命的历程，人猿相揖别，流遍了郊原血，对手、对头、对垒、对阵、对策、对仗，当然也就对着干了。生存便是竞争，竞争给了生命活力。争地盘，也争财产；争衣食，也争脸面。这戏剧就成了竞争的集中展演，生活中的明争暗斗被放大了，集中了，因而，方寸地有了风云狼烟，转眼间有了悲欢离合。这风云狼烟是消解尘世的风云狼烟，还是激化尘世的风云狼烟？是写照人间的悲欢离合，还是预示人间的悲欢离合？仁者见仁，智者见智，从戏台吸取到的养料只能是社会的需要，个人的喜好。或许这便是戏台的倾诉，我静静地聆听，也静静地感知。

　　五台山下的嫩草刚刚探头，黄河北岸的桃花早已爆开，一簇簇，一团团，一片片，如彩云，如粉霞。车行小路，好像飘绕在五彩云端。这是我在芮城县行走的印象。在陌南镇刘堡村，我看到了又一座对台，也就是二连台。金刚库村的戏场是一片空寂，而刘堡村的戏场却是一团拥塞。紧靠南崖的砖台上横卧着两座戏台，戏台如同比肩打坐的高僧，不言不语，仅用自己的姿容透递着年岁的老迈，又用老迈的年岁包容了历经的世事。戏台前已没有了观赏的空地，不远处是一排房屋，又一排房屋。那日是个周末，倘不，会从其中传出琅琅的书声，这里是村校。村校建在了庙里，庙的神秘破碎了，戏台的功能也就失去了。因而，两座戏台都增了墙体，曾当教室，现在一座又被尊成了庙殿。既然已没有演戏的事体，当然也就无需什么空间场地。

窄小的隙地竟然有着庞大的石礅，学名该是柱础。柱础的宽绰隐藏着庙殿曾经的豪奢。我正在观看猜测，来了一位杨先生，他热情地告诉我，此处原有两座庙，供奉关王和药王。我于是知晓了，两座戏台是为这两位神灵唱戏的。当然，在戏台下尽兴的还是村里的父老乡亲。时光飞快，尽兴的年头早已逝去，杨先生满是遗憾的面对破败。仔细观看，我也觉得遗憾，从戏台的拙朴结构推测，该是明代遗物。纵览山西古戏台，明代建造的现存二十六座，这是其中的一座，而且还是座二连台，其价值如何能用钱币比拟？可是，这么一种破败的面目实在令人汗颜。

找一个高台驻足，刘堡村近在眼底。村里有旧宅也有新屋。旧宅说明着历史，新宅活画着现实。村子里时而鸡鸣，时而狗叫，时而还有三轮、四轮"突突"奔跑的吼喊。这一切构成了勃勃生机。围裹在生机中的古庙，也就是我身边的老戏台，越发苍老，有点风烛残年的意味，真该复修了。没待我想下去，突然响起了锣鼓的敲打声。一伙老大不小的人往一辆三轮车上装锣鼓家什，这些家什是从一座戏台中搬出来的，看来不做庙堂的那座沦为了库房。沦为库房也好，总算还有点用处，同一切物什一样，没了用处在这个世上很难再有存身的必要。

我问搬锣鼓干啥？

杨先生说，给人家吹打热闹去。

询问下去方知，这伙老大不小的人是个自发修庙的组织，每人凑点份子买了这点响器。在一块敲打数日，练好了几个曲牌，便在村里找事，谁家娶媳妇，嫁姑娘，闻风即去助兴。事主高兴了，掏包给钱，给多给少，一律收存积攒，用于修庙。昨日一家嫁女，热闹出一百块钱；今日另家媳妇回门，不知又能收银几文？老少爷们不问收银多少，欢欢势势随三轮去了。三轮走得不慢，转眼留下几缕黑烟。那黑烟缭绕不散，在我胸中麻缠一团。我赞佩老少爷们，却又为老少爷们以外更多的人群，以及容纳这些人群的社会歉疚不安……

当然，这是十五年前的情景，如今属于省级文物保护单位，省上出钱；属于国家文物保护单位的，国家出钱，不少文物得到修复重光，古代戏台也不例外。

二连台，一样获得新生。

浓缩红尘：三连台

在戏台的世界里浏览观赏，实际是在浏览观赏戏剧的世界。看到戏台的多姿多态，也就想到戏剧的繁荣红盛。伴随着神庙戏台的形成，戏剧演出也有了一定的程式。就说戏剧人物吧，明清时期，生、旦、净、末、丑已基本形成，这就把众多的人物大致作了归类。在表演时又把各类人物作了细化，也就是视类别不同各有侧重。比如，小生、须生侧重潇洒，文老生侧重温祥，武生侧重帅稳，长靠武生侧重雄帅，短打武生侧重轻灵，武小生侧重英俊，娃娃生侧重天真。老旦侧重慈祥，帅旦侧重威魅，青衣旦侧重稳健，闺门旦侧重娇媚，刀马旦侧重英武，花旦侧重活泼。铜锤花脸侧重威猛、刚烈，架子花脸侧重威武、刚柔，摔打花脸侧重勇猛、柔烈。

这就够繁茂了，可是还不够，还要细化。仅就文丑而言，又可分化多种式样。大官丑要幽默，小官丑要滑稽，公子丑要乖刁，方巾丑要文雅，茶衣丑要俏皮，娃娃丑要顽皮，神怪丑要怪俏，老丑要乐观，小丑要逗趣。如果是丑旦，那么婆旦要泼辣，彩旦要泼疯，而彩花旦则要泼娇了。数叨起来，五花八门，头头是道。到了戏台上则性格分明，忠奸易辨，更能体现戏剧的教化功能。从复杂众生中抽象出的人物更能集中展示出大千世界的百人百性。

戏剧更加成熟了！

　　戏剧的成熟，推进了戏台的成熟。可以说，自从由露台演艺进入戏台演出，戏剧就形成了固定模式。而固定这种模式的戏台也就被固定下来了。如今回眸古代戏台，我们看到的是多姿多态，而在其时，这种演进却是极慢的，甚至可以说步履维艰。山门戏台是一种突破，二连台是一种突破，三连台是突破后的又一种突破。观赏三连台，我们不仅能够看到戏剧更为繁丰，而且能够领悟这戏台浓缩着复杂多变的红尘人世。

　　三连台中包含了二连台的竞争，又超越了二连台的竞争。如前所述，二连台的竞争是对手间的拼搏，厮打。这种竞争虽然展示了优胜劣汰的自然法则，却忽略了广阔的社会背景。将竞争放置到社会背景中，我们就看到了一则寓言故事，鹬蚌相争，渔人得利。二连台是鹬蚌相争，相争的后果是渔人得利。而三连台则跳出了这个狭隘的怪圈，人人都面向了广阔的社会，变鹬蚌二争，为鹬、蚌、渔人之争，三争虽然也是争，但已不同于二争了，二争能够以己之长，攻彼之短，竞争双方，要用一定的心思进行防范。而三争则减少了竞争中的攻击，更多的是向社会展示自我的实力，这就可以将用于防范的心计、能力施展在创新立异上。可惜，我见到的三连台太少了！

　　第一次见到三连台是在芮城县东吕村。那一溜排开的三连台巍然展现时，着实让我神魂大振，似乎听到了历经冬眠后的第一声春雷。两座并联的戏台已经堪称挺阔了，这三连台又该如何形容？搜肠刮肚，我难有得体的词汇，如果真要我说明，我只能说说我面对三连台的感觉。迎面站立的院落束缚了我目光的宽度，双眼只能顾西失东，不能同时将三连台囊括进来。一霎间，我觉得三连台像一列拖着长身的火车。这感觉是独体台和二连台比衬出来的。独体台似乎是一辆汽车，二连台似乎是加挂了拖车的汽车，唯有三连台更见轰轰隆隆的气势。尽管这戏台远离了当初建造的时日，可那建筑的虎虎生气依然扑面而来，激奋人心。

　　在东吕村三连台前，我看到了那块记载元人拾蛮捐资修复露台的碣石。

碣石无声，却跨越时空，叙说往事。也许这三连台的兴建和露台毫无关系，可我总觉得当年这运筹创建大计，便是面对这块碣石形成定论的。远地而来的蒙古人尚有慈善之举，我们祖居此地为什么不能慷慨解囊？或许发此声时，戏台尚在孕育之中，先是独体的，解囊人多了，上升为二连台，人还在增多，金银也在增多，于是二连台就挺阔成三连台了。

三连台给人以众志成城的联想！

十分幸运，在三连台前我遇到了一位头发全白的老翁。问及姓氏，竟和我是一家，名为盼成。盼成先生戴一副眼镜，眼睛背后的目光中隐含着丰富的见识。他告诉我，此台差一点毁在日本人手里。听着他的话我真有点提心吊胆，尽管时过境迁，戏台岿然面前，我仍然心有余悸。鬼子泛事的年头，到处烧抢，扯庙也是其一大举措。东吕村的三连台也在拆毁之列，已经有人上到了厦坡，就要往下溜瓦了，来了一人。此人在村里应事，算是个村主任。乔先生在讲述时使用的是汉奸，以先生的年龄计算，鬼子投降时，他还不谙世事，自然汉奸之说他是从老辈口中接传过来的。可见，人们多么痛恨背叛民族为日本鬼子做事的人。在此人来到台前时，我们暂缓痛恨，因为，他给"太君"们耳语了一番，"太君"们便呜里哇啦喊下来房顶上的人。人们走了，被"太君"领走了，据说领到外村去拆除另一座庙宇。这还真让我们为眼前的三连台虚惊了一场。这让我不解，为什么保护戏台的不是我多次在戏台上看到的挺身而出的英雄，却是那种点头哈腰，小狗模样的汉奸？剪不断，理还乱，是世事，这三连台存世的事实含蕴的混沌世理，令人百思不得其解。

在介休，我差一点与那座三连台擦肩而过。行前看过有关资料，三连台建在关帝庙前。车进介休城立即打探，关帝庙在哪里？路人告诉，一直前行，十字口东拐。依语而行，很快找到了关帝庙。庙宇规模不小，却被瓜分成两个单位。从正殿往前是一座歌城，两侧廊坊挪作他用不说，原先的庙院搭了大棚，棚中壅塞着一个个板块，都是歌迷一展歌喉的空间。正殿往后原本是春秋楼，现在却是所医院，每日都忙碌着"刮骨疗毒"般的事体。前前后后找了一遍，在正午的高阳下跑出了热汗，也没找见戏台。只好又问，竟问出：门口就是戏台。可是咋看也不像三连台，顶大是曾经有个戏台。以为是毁了三连台，心中就有些隐痛。多亏城内还有后土庙，多亏资料上说后土庙也有古戏台，多亏我问后土庙时，有人指错了路，才使我返回来见到了三连台。

也不能说是指错了路，依路而行，我们是到了后土庙前。后土庙门楼高巍，大门紧闭，铁拴上挂着一把大锁。退后几步，戏台的脊檐透出高墙进入眼帘，就是不能一睹芳颜，心里的那种滋味真无法说出。在周围打探，何人掌管钥匙？前行几步，又一座庙宇进入视线，快步入庙，寻找戏台。庙院很浅，四合中北屋为正殿，哪有放置戏台的空间？好在知道这是座吕祖阁。退出吕祖庙，一眼望见一溜九间排列的平房。吸引我的是那台基，虽然延展的房舍已掩饰了过高的房基，但仍能感觉其置身周围群落的那种不协调。蓦然，这不协调刺透了我心头的愚暗，顿时通体透亮，这不就是三连台么！

是三连台，这戏台不是芮城县东吕村那样的山门戏台，也不是运城市池神庙的过路戏台，而是普通的戏台，可是因了三座连在一起，使其宏阔惹眼。三连台沉静了我的思绪，我不再急于去看后土庙戏台，仔细打量品味着眼前这戏台，也寻找建造这戏台的原因。原因很快找到了，对面是庙，不光是吕祖阁，阁旁是关帝庙，庙旁是火神庙。火神庙、吕祖阁将关帝庙拥戴在中心。这才明白，怪不得资料记载"关帝庙三连台"，确实是关帝庙，只是此关帝庙，不是彼关帝庙。因了彼关帝庙，差点误了此关帝庙。介休城不知还有无关帝庙，仅此二座就险些让我阴差阳错。不过，站在这三连台的关帝庙前，还真让我再次思考关帝的不凡。

那日，从阳泉东去娘子关，一路走来，遇上了好几座关帝庙。留在记忆的有水峪村关帝庙。庙的东南角是村门，村门用青砖拱圈，拱圈上有阁楼。阁楼一体二用，从西往东看是门楼，从北往南看却是戏台。戏台不大，也有特色。另一座是林里村关帝庙。正在山垣上行走，忽见山头有绿树黄瓦。绿树自是松柏，黄瓦多是琉璃。松柏和琉璃是庙宇的象征。匆匆下到山底，又爬上山顶，到了庙里。关帝庙翻修一新，气派不小，刚落成的戏台仍然散发着油漆的气味，却是一幅古老的模样。庙中老者说，庙是宋代建的，翻修时戏台也建成了宋代的。有趣的是戏台边还有个亭子，亭子有碑，上写着：赤兔马显圣处。原来，一九八六年修庙时，此处放过盛水的油桶，一日早晨，几桶水全没了。问人，人没用水；看桶，桶没漏洞；看地，地没一点湿洇。怪了，怪了，此是何因？因由第二天找到了，一位民工夜梦赤兔马奔来，饮干了桶中之水。山头大哗，燃香焚裱，祭拜关公的坐骑赤兔马。从此，油桶中的水再没有缺失过。真是，关老爷灵圣，连他的坐骑也灵圣了！关帝庙的插曲，为我寻访古代戏台平添了几分情趣。

在三连台的群落中，壶关县神郊村真泽宫的戏台面貌独特，很是新奇。东吕村戏台、池神庙戏台以及介休关帝庙戏台，都是三台同一大小的体式。唯有这真泽宫戏台一大两小，一高二低，看上去错落有致，新颖悦目。仅仅是为了视觉的美观吗？不是。据说，中间大台专演大戏，大戏当然是大剧团、大阵营出演；两侧的小台多演还愿戏。还愿戏是一家一户奉银，很可能请不起大剧团，所以，小剧团、小阵营也有了亮相的空间。这种建构真算是体恤民情。

在宫里宫外走动，得知殿中供奉的二仙是姐妹俩人。俩人本是民间苦女，辞世后竟然升天，缘由是曾为宋代戍边的军旅赐一饭瓮，"饭瓮虽小，不竭所取"，因而，被敕封"真泽庙"祭祀。二仙年少天真，甚爱看戏，所以建有戏台，且戏台有大有小，既有官家主持摆阔之所，也有草民百姓略献寸心之地。这错落的三连台不是匠心而为，以貌取人，而是以用为本，贴近世事的产物。

如今，昔时的胜景已去，戏台上少有戏了，可这戏台仍然潜藏着不少学识。至少，这里溅起了我的不少思绪，我想到了创作，想到了一个老话题：

内容和形式的关系。是内容服从形式，还是形式服从内容。似乎已无争论，形式总要依属内容，而在依属中如何创新？我以为真泽宫就是最好的范例。

三连台，宝贵的三连台。

体貌宝贵，蕴含的精神更为宝贵。

璀璨明珠：品字台

在山西古戏台家族中，有一颗璀璨耀眼的珍珠：品字台。

我是在万荣县后土祠看到品字台的。站在低缓的汾河谷地，向北望去，巍挺的土垣上耸立着一座座面色古旧的建筑。举步拾级，节节攀升，擦一把汗，又擦一把汗，浑身热燥燥的了，才到了后土祠门前。跨进大门，首先看到的是这品字形的戏台。

品字台，观字想形，需有三个口字，即三个戏台组成。上头那个口字是个独体台，位于山门口，是座山门戏台。这座戏台规模很大，初看并不像戏台，一脚踏进山门，便是宽阔的门厅。细一看，门厅里竖着木柱，木柱留有茬口，茬口用来搭板，板子搭好就成了戏台。这么一看，此台与其他山门戏台也有区别。不少山门戏台，只留中间一门之宽的通道，道旁多由砖石砌起，填土成台，演戏时只搭通道上头的木板。还有些干脆围了拱洞，铺搭木板，将上面和两侧贯通一体，成了固定的台基。而后土祠这山门戏台，却是临时搭板，更见阔朗，可见前来这里祭祀的人多，需要宽敞。

下面两个口字，实际是座二连台，或说是对台。这二连台正对山门，两台间留有一条过道，钻出过道就到了正殿前的献殿。此台距山门戏台百步之远，距献殿也有百步之远，前后戏台留有足够的空间供众人观看。因而，三座戏台周围是少见的空旷。这空旷展示出一种博大不凡的气度，也烘托出这戏台的超群出众。

一座庙宇有三座成型的戏台本不多见，而这后土祠不仅有三座戏台，还要建成品字格局，还要留出让人惊喜的场地，就不能不引人深思了。思考这品字台形成的缘由。

思考是从后土祠开始的，而最初我并不知道这里有后土祠，只知道秋风楼。知道秋风楼是因为有汉武帝那首名垂千古的《秋风辞》：

> 秋风起兮白云飞，
> 草木黄落兮雁南归。
> 兰有秀兮菊有芳，
> 怀佳人兮不能忘。
> 泛楼船兮济汾河，
> 横中流兮扬素波。
> 箫鼓鸣兮发棹歌，
> 欢乐极兮哀情多，
> 少壮几时兮奈老何。

《秋风辞》展现出一幅历史的画卷。是年秋日，汉武帝出长安城东行北上，到了司马迁故里夏阳，也就是现今陕西省韩城市。从高原往下，下到芝川渡口，一条闪动着粼粼清波的大河安详在眼前，这便是我们今天所说的黄河。这里赘述"我们今天所说的黄河"，是因为那时候黄河还未黄，多称大河。到了东汉时期，大河日渐变黄，逐渐改称黄河。落轿登船，起锚离岸，大船便"横中流兮扬素波"，这位少年继位的天子，历经风云变幻，不禁心随波翻。此时，秋天长阔，西风卷着白云飞过；大地无垠，随风抖动着枯草黄叶。一群歇脚的大雁从沙滩上惊起，叫着嚷着向南方飞去，很快消隐在远处。汉武帝听着船上的箫鼓沉入诗辞的意境，开口抒怀，《秋风辞》诞生了！

　　因了《秋风辞》，有了秋风楼。秋风楼拔地高耸，成为汾河川地的一大盛景，而且，屡毁屡修，一直屹立于今日，扬名于九州。

　　这秋风楼为何屹立在后土祠中？

　　只因后土祠也是汉武帝泛舟河汾的目的地。先前的后土祠建造在河滩上，为的是祭祀汾阴。滔滔的黄河自北南下，滚滚的汾河自东西进，两条奔涌的河流在这里交汇。站在高岸上，看下游的一体和上游的两股，酷似人的腰身和两腿。两腿和腰身的交汇处极像人臀，且是女人的臀部。而女人的臀部有着生儿育女的器官，她是人类繁衍不息的源泉。我们的先祖很早就有了生殖崇拜的观念。因而，河汾这颇有生殖意趣的地方，就成了先民们崇拜祭祀的圣土。这圣土又和先祖的土地崇拜融为一体，众生以为：大地圣母竟在此地裸露真身，呈现灵瑞，所以，不仅平民祭祀，皇帝也祭祀。汉武帝迎着秋风泛舟汾上，就是在五谷收摘后，还愿报答大地圣母的厚恩来了！

　　觅着汉武帝的圣迹，汉元帝来了，汉成帝、汉哀帝来了，东汉光武帝刘秀也来了，汉代皇帝先后二十四次来这里祭祀。唐开元年间，唐明皇李隆基来了一次，又来了一次，一连三次祭祀，并下令扩建后土祠。宋大中祥符四年，也就是公元一〇一一年，宋真宗赵恒出潼关，渡渭河，泛舟河汾，也来汾阴祭祀后土。而且，提前一年拨银三百万两，将后土祠扩建为百亩之地的太宁庙，庙貌辉煌可以和东京汴梁的东宫相媲美。之后，明清两代虽然河水泛滥，祠庙被淹，但几经迁建，仍然傲岸于世。这样一座举国注目的庙宇，当然应该拥有与之相称的戏台。这或许便是品字台生成的原因。

　　不过，我们也不可忽略另外一个因素，此地是戏曲的摇篮。

　　万荣县地处晋南，在历史上属于平阳府，或说河东郡。这一带地肥水美，宜植五谷，养育了我们的先祖。饱食蔽体的先祖便击石拊石，歌之舞之，宣泄自身的情愫。不必再做遥远的猜测了，史料给我们记载了这样的一种戏曲——蒲剧。早先，曾称山陕梆子。山陕梆子之前，曾称河汾民歌，就是黄河、汾河流域的民歌。这民歌的说法使我想起一件小事。去年，山西召开文代会、作代会，歌唱家牛宝林在晚会上登台亮相，看到艺苑英才，文坛群星，禁不住情如潮涌，大展歌喉，将山西民歌从北往南一一唱来。唱着唱着唱到晋南，却唱开了眉户曲调。当时便纳闷，晋南的民歌哪里去了？如今才知道，原来晋南民歌走进了戏曲中。元杂剧消亡后，河汾民歌广泛流布，唱遍了晋南，还有黄河对岸的同州地带，逐渐形成了山陕梆子。梆子戏便这样生成了。现在所有梆子戏的源头都在这里，山西的南路梆子、中路梆子、北路梆子、潞安梆子，以及河南梆子、河北梆子，包括秦腔和眉户同属此列。不用说，现今称为蒲剧的蒲州梆子也在其中。昔年戏曲的红盛我们没有亲睹的缘分，但却可以透过遗迹辨识探测梨园曾经的风光。

先让我们看看留在古戏台上的墨色。

蒲县柏山庙戏台题壁：乾隆五十四年（公元一七八九年）三月二十八日，襄陵县南蔺村永盛班到此一乐也。

平阳府泰间村舞台题壁：道光元年（公元一八二一年）三月二十八日，六和班到此一乐也。绛州王发贵提笔。

洪洞县上张村舞台题壁：道光二十五年（公元一八四五年）三月二十八日，演出本戏《三凤图》《天仙配》《渔家乐》……尧都晋国平阳府汾邑翟村秦三流。

河津县九龙头庙戏台题壁：咸丰十年（公元一八六〇年）九月初九日，吉祥班到此一乐也。李生兰、姚师题写。

……

不必再抄录了，我已经眼花缭乱，迷醉在梨园的芬芳中了。

还想抄录的是当时的戏名。蒲剧的剧本很多，有战争戏：《金沙滩》《会孟津》等；有斗智戏：《黄鹤楼》《空城计》等；有宫廷戏：《美人图》《炮烙柱》等；有爱情戏：《白蛇传》《西厢记》……洋洋洒洒近千个剧目。有人为蒲剧的南路派编过个顺口溜，是说二十四部主要剧目，共分上、中、下三本：

上八本：《盘陀山》上《红梅阁》，阁内放着《麟骨床》，床上撑着《瑞罗帐》，帐内挂着《意中缘》，帐外挂着《乾坤啸》，床上放着《十五贯》，床下藏着《火攻击》。

中八本：进得《梵王宫》，看见《摘星楼》，楼前一个《槐荫树》，楼后一尊《炮烙柱》，楼上塑着《春秋配》，头上戴着《无影簪》，身上穿着《梅降褒》，手里拿着《和氏璧》。

下八本：男女均称《忠义侠》，择日举办《龙凤配》，男赠女一幅《日月图》，女送男一轴《富贵图》，二人绝非《狐狸缘》，同跨一匹《火焰驹》，出了《宁武关》，奔向《黄鹤楼》。

这么多的剧本哪里来？民间又有如下说辞：

对门三阁老，

一巷九尚书，

把住鼓楼往南看，

二十四家翰林院。

这么多官宦人家，这么多文墨骚人，还愁没人写剧本，据说，二十四本戏出自二十四家翰林院。是耶，非耶，世事远去无法分辨，但自古晋南多才俊却是不假，这里至今古戏台林立也不假。这便可以得知，这块土地是戏曲的摇篮，戏台则是戏剧生长的温床。如此看来，品字台诞生在河汾之滨的万荣县便天经地义的必然了。

这必然是一种文化积淀。

这积淀是一种人文资源。

这资源养育着昨天，养育着今天，还将养育着明天。

品字台——

请接受我的礼拜！

别开生面：佛寺台

佛寺戏台在山西太谷县。

太谷是个让人动脑的地方。

动脑是从孔家大院开始的。晋中簇拥着许多大院，近年来开发修复辟为旅游点的就有：乔家大院、常家大院、渠家大院，还有太谷的三多堂。孔家大院也是其中的一座。走进孔家大院，是想观瞻一下大院戏台的风采，窥一斑而知全豹嘛！没想到孔家大院原本不是孔家的祖宅。

孔家的祖宅在太谷县城正西。出西门四五里路，那里有个程家庄。程家庄上有个还算惹眼的院落，前后两进，正有主屋，侧有厢房，是座典型的四合院。不过，这不是城里的四合院，是村里的四合院，外院有些矮屋是长工的住所，牲口的棚厩。孔家统共不到三十间房子，放在晋中的大院里未免有些汗颜。

孔祥熙的曾祖父名叫孔宪昌，村里人说他才学出众，饱读经书，立志要科考夺魁，光门耀祖。孰料，心强命不强，寒窗苦读，累坏了身体，上了考场，他人墨润笔纸，自己头晕目眩，笔涩墨滞，越发生急。急火攻心，口吐鲜血，当堂倒地，幸得医救，保下一命，从此却断了科举的路子。孔宪昌陷入悲伤的生命里程。伤愈思痛，他家训子孙，读书求知，经世致用，不要参加科举。还亲书一联：

做几件学吃亏事以百世使用

留一点善念心田使儿孙永耕

横批为：虚心味道。

后世谨守孝道，孔祥熙父辈 5 人，都没有求取功名，先后涉足商海。孔祥熙祖父孔庆麟在票号做事，当过账房先生。虽然头脑灵活，做事精明，却没有当过老板，财力有限，父亲孔繁慈是个贡生，曾在票号当过文案，并不是太谷城里的凤毛麟角。因而，孔家只能落卧村舍祖宅。

那时候，太谷的首富是孟家，孟家冠领着商界风骚。孟家经商的人众业多，事务繁杂，但最为拔筹的是经营白银。说来也许是时势造英雄。清初至民国，从福建、湖广到俄国的莫斯科、彼得堡之间，开通了一条茶路。太谷县城正好是这条茶路上的一个落脚点。票号兴起后，结算开标成了一件大事，好就好在太谷也是个开标处。开标运来的现银需要按太谷白银的成色结算，这就给了白银产业发展的机遇。太谷的铸银生产技艺精湛，远近闻名，成了主导产业。而孟家的主业便是铸银，岂有不富之理。孟家富了，有座豪宅，还有花园别墅。那时，孟家富得令不少商贾垂涎眼红，孔家也难以脱俗。垂涎归垂涎，眼红归眼红，却损不了孟家的一根蚂蚁腿。

有一个人可能没有垂涎，也没有眼红孟家。这人违了祖训，掺和到仕途中去了，这就是孔祥熙。后来，政治风波一起，孟家出事了，因有人参与义和团，反对基督教，被人家夺去了花园别墅。之后，家道中落，一蹶不振，虽然几经抗争，但也已无作用，家道一落千丈，竟到了卖房产糊口的地步。此时，孔祥熙却成了蒋家王朝的工商部长，因而，孟宅轻而易举成了孔宅。这种变异可能是那位写下家训的先祖做梦也不会想到的。政治的魔力与商贾的财力相比，容易使人念想一首古诗：江上往来人，但爱鲈鱼美。君看一叶舟，出没风波里。

江上往来人便是商贾。商贾正驾着一叶舟搏击风波，而那风波便是无情的政治浪涛。政治浪涛吞没一叶扁舟易如反掌。在孔家大院，我看到这样的资料：孔祥熙在南京、上海、武汉、广州重庆都有豪宅，仅在上海他就购置过四川路的嘉陵大楼、淮海路的培恩公寓、新康花园、武康大楼以及永嘉路的庸村。而且，孔祥熙在美国还置有房产，一处在纽约曼哈顿东区的瑰西广场，另处在郊外长岛北岸的蝗虫谷，是个世外庄园。

不必历数孔祥熙身上的政治魅力了，我们只要注意到太谷城里这所大院的戏台，原是供孟家人乐哉的，后来却成了为孔家人献艺演戏的场所。戏台不大，院落也不大，却足以显示享受者的尊贵。我去的时候，正是春日，院中的丁香花开了，桃花开了，粉嘟嘟亮在眼前，香喷喷沁进心肺，实在美得醉人。只是旧时王谢堂前燕，飞入寻常百姓家。孟家不见了，孔家也不见了，陶醉的只能是来来往往的游人。

猛抬头，从孔家大院的屋顶上看到了一尊直耸云天的高塔。如此气派的高塔肯定有与之相称的寺庙，问及得知，是无边寺。无边寺，好名字。佛法无边难度不信之人，天雨宽广难润无根之苗，即到寺边，何不去感润一番？

我走进了无边寺。

我走进了新的惊奇。

无边寺，堂堂正正稳坐着一座戏台。

戏台建在佛寺确实罕见。寺是佛家静修的斋所，戏剧演出鼓乐齐鸣，影响静修，因而佛寺大多不建戏台。自从汉明帝刘庄引进佛教，自从将佛经供奉在皇家的鸿胪寺，寺——这官方的机构名称就易为礼佛场所。寺是佛的场所，佛是静的化身。想当初，佛祖释迦牟尼不恋王子的位置，不谋唾手可得的王位，离家出走，在远离尘嚣的菩提树下静修养神，百念尽涤，终至顿悟，大化为俗念全抛的至尊超人，概源于清静。佛教来到中国，依然不改清静的初衷，佛寺多建在远离尘世的山野。因而，历来就有"自古名山僧占多"的说法。可这无边寺却建在闹市，竟然还有了喧腾腾，闹嚷嚷的戏台，真让人费神呀！

再看那戏台，原是座山门戏台，却不是台基中间留有通道的那种，而是由山门，也就是戏台两侧的边门出入。戏台建得巍，坐得稳，挺得久，虽有些故旧，却丝毫不减精神头，更不见因为它的介入侵扰了佛家的清静而有的分厘歉疚。看来其中必有原因。

夜来翻书，找到一纸碑记，是乾隆二年，也就是公元一七三七年高平县《定林寺创建舞楼碑记》。记曰：

寺旧无舞楼，浴佛日则以石砌台演剧，住持恒厌其烦苦而未逮也。

适善信居士牛翔、王乘轩等，有五台进香社余银，爰发善念，创建舞楼，齐心同愿，众咸曰可。

无独有偶，这定林寺在清朝也建戏台了。而且，建台前曾多次在浴佛时搭草台演剧，因为颇费劳苦，所以才建固定戏台。这不是答案，却可顺藤摸瓜，找到答案。

答案说穿了也很简单，去寺中礼拜的多是凡人，凡人既在凡世，便难脱凡尘。礼佛是为求得佛祖的保佑，保佑自己安康，保佑自己幸福，可要是连看戏的欢乐也没有了，日子过得平平沓沓的，一点声色也没有，那还有什么意思？若要活得没了意思，那礼佛还有啥意思？这么想来，连佛祖的日子都苦寂得没有一点意思。思来想去，便要改变佛祖苦寂的日子，于是礼佛时就搭草台，就唱大戏。唱得红红火火，高高兴兴，佛也高兴，人也高兴。莫非这就是佛寺戏台的道理？

在无边寺漫步，听到附近有座净信寺。净信寺也有古戏台，不能不看。出太谷城，往东南去，春已时新。头上是泛绿的柳条，身旁是嫩绿的麦田，这嫩绿荡漾开去，引领我来到阳邑镇里。寺在镇外，被嫩绿的麦田供奉其间，越发显出古旧苍老。与苍老耳鬓厮磨的日子长了，才发现苍老也是资源。这资源里蕴积着历史，也蕴积着现实；蕴积着技巧，也蕴积着艺术；蕴积着知识，也蕴积着智慧。虽然这资源是一个定数，然而，其深浅、远近、多少，甚而说有无，均是由人、由客体的对象来决定的。独坐敬庭山，相看两不厌。不厌的首先是人，人若是倦了，厌了，走了，山不就空落了？寂寥了？不倦也倦了，不厌也厌了。苍老古旧的遗物也是这样。它可作为历史的见证令人珍爱，也可能当作现实的牵绊惹人唾弃。因之，这无边的时新中存活着古旧沧桑，无论如何也让我按捺不住欣喜。

欣喜中更添欣喜！

跨进寺门，溢进眼帘的就是高阔的戏台。这戏台与无边寺那戏台形同姐妹，位置、结构似乎同出一个母体。只是更高、更阔、更为精巧，而且，面对的寺院也宽敞了好多。好多好多的人前来看戏，这宽敞也是海涵得了的。人多了，嘴杂了，势必闹嚷，何况还有台上的丝竹锣鼓来鼓荡台下的闹嚷。可以想见，净信寺的佛祖也难得清静的。习惯于清静的佛祖能否改变了清静的习惯？如果改变不了，千万不要恼怪凡民的搅扰，佛祖宽怀，不会同众生斤斤计较，定会快乐着众生的快乐，幸福着众生的幸福。这不用推测，安卧的戏台便是明证。倘若有烦，佛法无边的菩萨还不掀翻了这凡同草芥的陋台？

在寺院边走边看，边看边想，思绪更多缭绕在佛家的世界。当今时代，曾经沉寂的国学兴盛起来。国学的主体是儒、释、道及其结合。佛学虽是外来文化，但传续至今早已不是初来乍到的本真面目，早已本土化、中国化了。有一种看法认为：佛教中国化的一个重要节点可以六祖慧能顿悟真谛为起始。我曾经这样评价，六祖慧能顿悟佛教真谛的特点，即给孔孟披上袈裟。所以，此佛家已非彼佛教，已成为中国文化的另一种形态。形态变了，内涵变了，佛祖本来的清净习惯自然也会改变。何以见得？就是这坐落在佛寺的古代戏台。

佛祖宽怀，宽容戏台，宽容世人，对于台上台下的鼓乐喧闹，人声鼎沸毫不见怪，竟然让佛寺变为另一种梨园。

恩谢佛祖，给了我观赏、拍摄两座戏台的机会，善哉，善哉！

小巧玲珑：皮影台

一座极不起眼的小戏台竟然令我怦然心动。

毕竟，它为戏台的百花园增加了一个花色品种，这是一座专演皮影戏的舞楼。

也许是一座过路台，设在山西省临汾市尧都区南太涧村的路上。路还不是主路，是条小胡同。小胡同口上立柱架梁，撑檩钉椽，盖泥铺瓦，立脊插旗，一座门楼就成了。门楼下留有搭板的槽口，忽一日，槽口不见了，搭好了木头板，锣鼓一响，满村人喊闹：

看影灯去！

影灯就是皮影，村里人都这么呼叫，其实，叫个灯影也比影灯顺溜。偏偏影灯就流行开去，流传下来。流行的不一定高雅，高雅的不一定能流行。若要不服气，气破肚子也白搭。

说到皮影，便忆起一件旧事。

事情很久了，该追溯到民国那个年头。我们家乡有个村子叫婆婆神，村小人少，据说先前就是个独家庄。村子的名称来自一个故事。故事中的年代更远，是东晋时北方第一国前汉开国皇帝刘渊刚把都城迁往金殿时，也就是公元三〇八年。建都要修筑城墙，抓了不少民夫，干得十分辛劳。偏偏风吹雨浇，总是不高就倒，弄得皇帝心烦意乱。只好张贴一榜，招募能者修筑。

孰料，揭榜的竟是个少年，少年是韩婆婆收养的义子。义子也非义子，是一日雷后韩婆婆从野地捡拾的龙卵，回家捂孵便得了个眉清目秀的美俊少男。少男年方十四就揭榜修筑城墙，当然让刘渊难以信任，于是，命他立下军令状，七天筑不成就要杀头。

远近广众都为少男提心吊胆，美貌少男却轻松自在，一连五日都无动于衷，第六天夜晚狂风大作，飞沙走石，刮了一个时辰，风住沙息，一围城墙巍峨高立，真让刘渊大惊称奇。刘渊以少男为神，少男的母亲便成了神婆婆。神婆婆的住所成了婆婆神。婆婆神这孤儿寡母相依为命，祖辈繁衍，子孙成村，也还是个不大的村落。我们小时常逗趣：婆婆神几十人，村东一蹦村西回。

我说的旧事是那年婆婆神村里唱戏。村小人少，唱不起大戏，请的就是皮影班子。没戏台，就七手八脚搭了个草台，也还搭得风光体面。既要体面，就想体面个光彩，草台两边要有个像样的戏联。村里舍了破费，请来附近有名的苏夫子，好肉美酒款待。肉饱酒足，苏夫子有九分醉了，高移腿脚，晃悠到八仙桌前，提笔染墨，纸上留下两行趣字：

虽然花花绿绿
倒也热热闹闹

联一出，一贴，四乡八村传了个遍。那一年，婆婆神村的影灯戏红火极了。

自然，因年浅岁少我无缘目睹那红火的影灯戏，可那幅戏联一直滋润着我的心田。缘此，看见南太涧这皮影戏台我也就分外亲切。

这亲切还来自我对皮影戏的了解。

据说，原始人第一次发现自己在夕阳里拖着一条长长的影子，兴奋得又蹦又跳，撩逗得那影子也蹈舞个不停，蹈舞的影子越来越多，合族老少都蹦得心花怒放。后来，人们不光让自己的影子舞蹈，也让树枝花草的影子舞蹈。初始的影舞正在向皮影进步。原始先祖的影舞我没有见过，我见过老奶奶表演给我的窗影。那时候，我还很小。那时候的乡村没有电，一盏老油灯还不是煤油灯，煤油灯已是世事的进步了。我就在那盏老油灯下玩耍，昏黄如豆的灯头，只照出朦朦胧胧的场景。不知为啥我哭了，很可能是跑动太快，碰在了高垒的窗台上。老奶奶将我搂在怀里哄着：好娃好娃你别哭，我给你买个皮老虎。

皮老虎是个许愿，许愿和眼前有距离。我不要许愿，要眼前，因而还哭。哭得老奶奶灵机大开，忽然一拍手说：

我给你变个戏法。

这样，我在我家的窗纸上看见了一只小白兔，又看见了一只大灰狼。小白兔高扬着两只耳朵，善善的；大灰狼张大着两扇长嘴，恶恶的。我看得忘了疼痛，笑了。

我在灯影里幼稚地笑了。

我笑的时候并不知道皇帝早就对着灯影发笑。在灯影中舒心大笑的是汉武帝。汉武帝的大笑始于李夫人的美貌。李夫人貌有多美，他的兄长宫廷乐师李延年曾歌：

北方有佳人，

绝世而独立。

一顾倾人城，

再顾倾人国。

岂不知倾城与倾国，

佳人难再得。

汉武帝闻歌慌忙把这倾国倾城的美人招进宫中，封为夫人，整日歌舞饮宴，欢笑作乐。岂料，好景不长，李夫人竟然一病不起，撒手人寰，将个情种皇帝遗在阳间。汉武帝不笑了，茶饭不进，日渐衰颓。谁能再让我皇开新颜？

汉武帝笑了，皮影让他笑了。

那一日，汉武帝沐浴熏香，盘腿端坐御帐，脸前已挂好一张柔白如雪的纱帘。不一会儿，李夫人从纱帘上飘逸显现，时而珠翠叮当，李夫人轻移莲步；时而红烛高照，李夫人眉目传情；时而轻风吹拂，李夫人玉臂伸张；时而风敛气歇，李夫人依窗沉思……汉武帝醉了，沉醉在美好的忆念中了，他笑了，笑得很舒心。原来汉武帝见到的那位李夫人，就是最早的皮影。

皮影流传开去，跨越时空，走进了勾栏瓦舍，也走进了乡野村落。宋代有人看了三国故事的皮影，那里有张飞的鲁直、关羽的忠义、曹操的狡诈，为之所动，兴奋不已，落笔写下：

三尺生绡作戏台，

全凭十指逞诙谐。

有时明月灯窗下，

一笑还从掌握来。

好个皮影，历经千年而不衰，令人爱怜。

俱往焉，世事更新，时代变迁，影视媒介将戏曲也挤上了独木桥，皮影却在劫难逃。古老的戏台，随着戏剧的颓废潦倒，一座座都荒落寂寥了，能有这么一座皮影戏台收藏和诉说曾经的繁盛，无论如何都是件好事、幸事。

皮影戏台，虽小，也值得珍爱。

我连连拍照，把它收藏在纸面，也收藏在心间。

小　煞

山门台、二连台、三连台、品字台、佛寺台、皮影台。

多种古代戏台缤纷在城乡大地，缤纷在精神天地。这眼花缭乱的戏台不再只是戏剧成长、成熟的印记，而是在承载戏剧的同时，承载了一段历史，承载了一地民俗，承载了一种文化。山门戏台是对土地的借鉴利用，二连台是货真价实的竞争，三连台则将两家对垒的拼杀竞争大化为各显技能的标新立异，品字台意蕴与三连台无异，在造型上则独树一帜……谁说戏台是在单一的供演一场戏？其坐落大地就是一种艺术展示。

古代戏台，这独特艺术中浓缩着过往的人世，浓缩着远去的风情，浓缩着曾经的风采……是一部永远破译不了的巨著。

这部巨著从不封闭，朝天打开，要想从中多多获取，那就请你多带些学识，多带些智慧，多带些超凡的思绪……

第三折　远近各不同

匠心独运，匠心独运！

这些散落在偏僻田园间的古代戏台，每一座都是唯一，每一座都有个色，形姿各异，绝无雷同，我不止一次发出匠心独运的感慨。

尤其是当今，面对城市里摩肩接踵、架构雷同的高楼大厦，我不得不感叹前人的精明。对当初的工匠来说，似乎接到承建任务，就是拿到了一张考卷，题目就是戏台。戏台，司空见惯，屡见不鲜。最轻省的办法就是效仿，用当今的话说就是克隆，山寨版出一座戏台也无可指责。

可是，那些工匠不是，而是别出心裁，让每一座都独树一帜。

独树一帜！

这些古代戏台不再只是无言的建筑，早已脱颖为一首诗，一幅画，一个穿越时空永远新奇的艺术精品。

乐楼下的戏台

榆次城里有座城隍庙。

城隍庙里有座让榆次人拍着胸膛夸耀的古代建筑：戏台。

榆次人说：哈哟！你说那戏台嘛，可不得了，好得让皇帝也眼热！那年，北京城里的颐和园盖戏台，慈禧老佛爷看匠人描画的图样，哪个也不如心，就把他们打发到咱这城隍庙学艺来啦！匠人进了门一看，脚定在地上了，眼睛直在戏楼了，整个一幅傻呆样。过了老半天，才想起是来办皇差的。连忙掏出文房四宝，伏到台上，描呀画呀，仰头看，低头绘，活像是叩拜戏台，那样子如磕头，似捣蒜，嘻嘻！

绘好了，拿回宫去，老佛爷一看，高兴的门牙也能掉了，当下定夺：就照这式样盖。

说话间，眉眼中闪射着得意的光彩，倒好像这戏台是自己祖上的宝物。

尽管早早受了这么一番启蒙教育，走进城隍庙，看见古戏台，还是让我大为惊诧，惊诧楼阁的精巧，惊诧组合的完美。

楼阁的精巧在于，楼阁连体，两物合一。庙中有碑《增修榆次县城隍显佑伯祠记》，上面文字大意为：明弘治十年，即一四九七年，曾于正殿以南，神道正中，建造一阁，此阁名为玄鉴楼。正德六年，即一五一一年，"欲报神惠，起楼于阁之北面，为作乐之所"。乐楼、阁楼本是两次所建，却天衣无缝，看上去，乐楼像是玄鉴楼的出厦，而这出厦又不似一般的出厦，要宽、要阔，要经得住伶人戏子在上头演唱踢踏，当然体量加大很多。大了必然有臃肿之嫌，若是像个袋鼠也还罢了，若是鼓囊成个孕妇的腰身，那可真丑死人了！精巧恰在这里，玄鉴楼和乐楼既没裂隙，毫不臃肿，巍然成体，恰到好处。

组合的完美在于，仅玄鉴楼和乐楼的组合难度就不小了，可是，建设者又给自己出了个难题，还要在乐楼下建座戏台，这岂不是画蛇添足，自讨没趣嘛！可是，站在殿前观看那玄鉴楼、乐楼和戏台，一点也不觉得有蛇足之嫌。其实，画蛇添足是一种大化，而在世俗的眼光中，为了喝人家赐予的那杯辣酒，竟将添足的人视为蠢才。倘若易事另观，换成画家的眼光观看，我则以为，中华民族的图腾——龙，说不定就是那位失去辣酒的"蠢人"创造出来的。对于龙，我们不是有这样的俗解嘛，牛头马面蛇身子，鸡爪鱼鳞虾尾巴。蛇是龙的主体，添足是龙成形的第一步，有一才有二，有二才有三，有三就能生万物，何为诞生不了龙呢？面对这组合完美的古建筑，我禁不住感慨万千，翘指夸赞。当然，榆次人得意的自我炫耀也就不无道理。

只是，我心头尚存一点云翳。我去过颐和园，见过那里的戏台。园中有两座戏台，一座是听鹂馆戏台，一座是德和园戏台。听鹂馆戏台为清乾隆年间建。一八六〇年被英法联军烧毁，一八九二年复建后，成为慈禧太后常来观赏戏曲和音乐的娱乐场所。后来慈禧太后要过六十大寿，这座小戏台装不下她膨胀的欲望，便下令新建。不久，颐和园崛起德和园，时在光绪十七年，即一八九一年。德和园大戏楼高二十一米，是我国现存最大的古戏楼。戏台高达三层，每层都有台面，分别名为福台、禄台和寿台。每一层台面都设上下场门，可以同时演出。大戏楼首层上部有七个天井，地面有六个地井，天井、地井都通向后台，演员可以随时出入。而且，天井能够飘下雪花，地井可以喷出水雾。戏楼还设有翻板和高压水机等机关，神仙可以自天而降，鬼怪可以由地而出，演出惊险而又壮观。这在清代，不仅中国，可能放置于世界上都是首屈一指的。

颐和园的这两座戏台，都看不见抱厦和添台，自然与榆次城隍庙的这戏台相比差别很大，要说是模仿榆次戏台的产物，确实需要打个问号。模仿显然有些夸大，借鉴倒是可能的。借鉴需要了解，榆次距京城千里之遥，慈禧太后寡居皇家深宫，怎能知道这太行、吕梁两座大山的褶皱里会有这么一座亮眼的戏台？

莫非是慈禧西逃时知道的？有可能。

当年，八国联军在北京城里杀人放火的时候，慈禧太后早像兔子一样溜出京都往长安逃窜。不知过没过榆次？住没住在城隍庙里？我只知道过平阳府时，曾住在莲花池边。有可能就是西逃途中，听说的，亲睹的。洋毛子退兵后，慈禧回到了京城，一看颐和园的戏台也被烧了，或许，就是这次重新修建时派人来榆次考察学习的。这么推测似乎不无道理，但是有一个很大的出入，德和园大戏楼建造在前，慈禧西逃在后，因而推断很难信以为真。

放下这些猜测不说，可以靠实的是，颐和园的两座戏台即使没有模仿榆次城隍庙的戏台，却也是博采众长的结果。若说博采众长，眼前这戏台，肯定也吸取了他人的长处。注目乐楼和玄鉴楼下那后增的戏台，便有似曾相识的感觉。把感觉往明白处扯来，原是一座元代戏台的架构。这娇巧简练的戏台，活像是元代戏台的化身。而且，还吸取了搭板台的特点，你看，台中过道两边还留有明显的槽口，演出时搭上木板，锣鼓一响便可拉开帷幕。

城隍庙这戏台和有关这戏台的传说，似乎在提示众生，借鉴他人的成功经验，博采众长，是成就自我的最佳途径。

殿背后的戏台

去山西省高平市上董峰村，是为村里有座圣姑庙。圣姑庙里有座与神殿连体的古代戏台。

中国的戏台，宋代始创，金、元普及，明、清时代不断改革发展，大有百花齐放之势。戏台的百花齐放，是戏剧的百花齐放催生出来的。别的不说，就说戏台的体量，由小到大，由窄变宽，完全是演出的需要。元杂剧情节较短，角色较少，一般不过五六个演员，加上乐队，一个演艺队也就十来个人。

演出时不用多大台面，多数舞台只是一间，四五十平方米足够演员做、念、唱、打。明清时期，这种舞台大为落后，成为束缚戏剧演出的紧身衣。此时，一般剧团少也在二十多人以上，登台演艺的角色不下十数人，乐队也相应增大，戏台小了根本容纳不下。放大戏台体量应该算作顺势而为，应该算作与时俱进。由是戏台多数扩大到三间，还有五间的。不仅台面大了，而且，后台也大了，要适应演员更衣短歇。若是后台空间有限，那就增加两侧的耳房。无论何种方式，意图和作用都很明显，不能因为戏台太小影响演出效果。这样，面积七八十平方米，乃至上百平方米的戏台屡见不鲜。将此时的戏台比作推陈出新，百家争鸣，丝毫没有夸饰之嫌。

在戏台百花园中鉴赏，上董峰村圣姑庙的戏台被研究戏剧的专家视为最有特色的一座。因而，虽然地处偏远，却不能不看。

那是一个午后，普照的太阳温和了大地，西去的丘陵上消除了寒气，到处都暖融融的。阳光洒在沥青路面上，路面泛亮，从眼前延展开去，活像一条飘逸的仙带，车子在这仙带上飞奔自然轻松愉快。我的心情也如这飞奔的轿车一般轻松愉快。

蓦然，换了一个场景，在乡间的小路上，奶奶携着我的手行走。小路窄小，弯绕在麦田里。麦苗不高，刚刚嫩了，拔节生长，长得翠绿可心。田垄上的油菜已开了花，黄灿灿的，直延伸到天边。走过田垄，晃动了黄花，飞起了蝴蝶。成对的花蝴蝶悠然着双翅，闪动了几下，便高到了半天。高翔一霎，复又降落，旋舞几周，趁我和奶奶远去，又扑向了花蕊。我看得高兴，张口就吟：

道光、咸丰坐龙廷，

山西梆子大时兴。

前面挂起一盏灯，

后面跟来三盏灯。

一阵风吹灭三盏灯，

方才露出满天星。

满天星正眨眼，

不防忽闪出月亮生。

月亮生来微光明，

云遮月一来罩天空。

紧跟着就是天明亮，

大睁两眼进了京。

喊闹得正高兴，就听有人粗喉大嗓地夸说：好哇，把这么多艺名都记下来了。

我回过头看，夸说我的是一位拧羊肚毛巾的汉子。我被夸得稀里糊涂的，哪里知道什么艺名呀，只是跟着伙伴们吼喊，喊多了，也就记住了。长大了，晓事了，才明白当时吼喊的那"一盏灯""三盏灯""一阵风""满天星""月亮生""云遮月""天明亮"都是那些唱红的演员艺名，就好比当今的歌星、影星。

回味旧事，如饮醪酿，心里总是美滋滋的，何况我在寻访古戏台的途中体味昔日戏台的胜景呢！

路更窄了，更弯了，腾上来，跌下去，穿过丘壑，如同在江河的波涛间行船。这时，远远的一个村落闪来，闪来，很快将我们吞入其间。没多费劲，车便停在圣姑庙前。

庙门紧闭，大锁落合。趁着找人的空隙，我在庙周走了一圈，后来攀上了庙后隆起的峰峦。庙前、庙左、庙右是一层层平台，平台上坐落着民居。高低错落一大片，庙后这奇崛的突兀已到了村北的顶端。我是站在这顶端窥视的，急于见到庙里的景致，尤其想看看那殿台联体的奇异建筑。可惜正殿的脊檐遮掩了视线，眼中除了房顶上的琉璃和灰瓦什么也看不见。能够看清的是，村子依地势而建，一家一个平台，圣姑庙有这么个平坦地盘算是很"宽阔"了。不过，此处的宽阔，放在他处也不过是弹丸之地。

大锁开了，推开门扇，一座大殿迎头压来，慌忙敛气，似乎长吁一声就会吹落头上的瓦片。侧身绕过，一眼看见了北面的正殿。紧跨几步便站在了殿前的平台上。回眸时与心仪很久的戏台正对了个脸。我连忙贪婪地观赏这戏台。

这戏台如一个富家的娇儿，日子过得安稳省心。台口对着北边，西北风可能吹扫颜面，好在正殿没有几步远，高挺的躯体为戏台遮挡了风寒。只看单个戏台，未免有些清瘦，难以抵挡风险。好在背靠的三清殿坚如磐石，稳若泰山，这戏台背靠泰山，也就风雨如磐。因之，经风历雨，偎依在圣姑庙怀抱里的戏台仍然保留着往昔的朱颜。

细赏间，一个心存好久的疑问迎刃而解了。固然，这戏台是一种改革，一种创新，一种特色，才使之在百花纷纭的古代戏台中独具魅力。不过，这看法是后人跨越时空的宏观评判。前人在兴建这戏台时，恐怕连改革、创新、特色这些词汇一个也没想到，想到的只是眼前就巴掌大的地盘，要建一座庙，正殿不能少，三清殿不能少，可若要建两座殿，就没有了建戏台的空间。若没了戏台，少了热闹红火，烧香还愿便少了精神头、吸引力。所以，千万千万少不得。少不得，又没地盘该咋办？办法便是我们看到的现状，三清殿和戏台连为一体了。演戏时，台面做、念、唱、打，殿里演员上上下下，三清殿等于是戏台的后场。真令人叫绝，工匠们把有限的空间合理利用到了最科学、最合理的程度。

这应该叫因地制宜。上董峰村的因地盘窄小，不能放开手脚建造圣姑庙，更不能放开手脚建造戏台。狭小的空间限制了圣姑庙的体量，也限制了戏台的体量，使之无法随波逐流，去充当时势的弄潮儿。这似乎是一种遗憾，偏偏是这遗憾形成了特色，而且，还博得了改革、创新的美誉。由这小小的戏台，我忽然想到一个大大的课题，越是民族的，越是世界的。我们正在高喊与世界接轨，接轨是必然的，是无疑的。有疑问的是，接轨后我们向异地始发什么样的列车？列车上装载什么样货色？倘要是和人家一样的东西，那可能就是世界上又添了一些重复的垃圾。

扯远了，回过神再说，如果这上董峰村的戏台也同他处面貌相同，我又何必到这大山深处来奔波？

确立自信，做最好的自己，才是人间正道。

联体过路戏台

我是从后门进入介休后土庙的。

赶到后土庙前，面对的是紧锁的大门。打听询问才知道，这前门早就封闭了，改走后门。后门临街，成了主要通道，熟知的人不会再去前门，走前门必然会像我一样被拒之门外。这小小的变迁颇有意趣，似乎是在喻示着某种社会现象，时光的流逝可以推移物事的变迁。光明正大的前门蛛网密织，窄憋黑暗的后门却自由通达。初时，走后门似乎还有些别扭，走惯了再走前门反倒更为别扭。走后门成为常态，走前门必然属于怪态。该怪的不怪，不该怪的则怪，社会的变态让正常沦为非常，前进步履不会端直行走，只能一波三折。谁也怨叹，谁也渴望扭转，偏偏扭转并非易事。正如此刻，我不走后门，只能望锁兴叹。

走前门我虽然吃了闭门羹，却一点也不后悔，倘没有走前门的错误，我肯定错过了观瞻那座三连台的机缘。这件奇巧的事情过了多日我仍然难以忘怀，时时品味着其中的意思，模模糊糊觉得人生难脱误区，误区中隐匿着柳暗花明的无限情趣。不过，真要进入其中，还必须从众，还必须随大流，走后门。

从后门进去是一条窄巷，往里百米，东侧有门，推门进去，巍然高耸的戏台赫然入目。这戏台不只很高，而且阔大，豪爽，气派，我着实吃了一惊，这些大气的词汇立即在我的头脑里活蹦乱跳。

待心绪平静，我仔细观览，从这戏台上，我分明看见了好多戏台。

正是无独有偶，高平市上董峰村圣姑庙戏台是座殿台联体的戏台。前头是座三清殿，背后就是古戏台。却怎么，介休市土庙这戏台与之没有两样？不仅前面是殿，后面是台，巧的是，前面也是座三清殿，同圣姑庙的神殿名称一模一样。圣姑庙紧凑精妙的形体在这里再现了。如果仅仅这样，我不会惊诧，即使当初的建造者没有模仿上董峰村圣姑庙戏台，由于先入为主的逻辑作祟，这戏台自然不再新鲜。

再看时，我看到了山门戏台。这戏台的下面留有通道，可以供人来往出入。于是，我的目光飞到了不远处介休县洪山镇的源神庙。源神庙是祭祀泉源的神庙。泉源就在山脚下，昔年可以润泽介休县全境。从泉边登山，一个一个台阶攀上去，攀至中间有一牌坊，过了牌坊继续攀升，即到了山门前。山门是石头砌圈的拱洞，洞上有瓦房顶盖。这让本来很高的山门越发高了。从山下远远望去，很有些凌空欲飞的险象。

越过这凌空欲飞的山门，进到庙院，回身看时，才发觉那凌空欲飞的山门竟是一座戏台。可以想见，当弦乐奏起，歌喉唱响，岭上，峰上，乃至岭上峰上的树上，树旁的云上都萦绕着美好的音韵。这时候，庙院里看戏的人，一定同台上那些手舞足蹈的戏子一样早已醉了。若是静夜，散了戏的人们从高高的云端下来，近得池边，听那泉源汩汩流淌的水中仍回荡着戏台上的声音。这声音流散开去，进到了溪里、河里、渠里，润遍了远远近近的田里。田禾苗得了音韵，更长精神，在地边灌水的农人就听到了"嗞——嗞——"

的拔节声。秋日熟透的籽颗也就饱满得滴溜溜圆。扬上去脱皮的籽颗落下来，场院里响动着更醉人的音韵。人吃了那长满声色的五谷，更添精神，往红火的戏场里奔走地更紧。源神庙那戏台年复年，月复月，都红火在庄户人的心魂里了。

我的目光当然捕捉不到那血脉中的音韵，只能摄录下源神庙戏台的英姿。尤为引人注目的是，那台基下的门洞。这门洞与后土庙的底部不无相似，庙会之时，一群一群的痴男信女从中涌过，涌过，都集聚到了主殿前的阔地，烧几炷香，磕几个头，也就是抬足挥手的功夫，便了却了心头久有的意愿。然后，静下身，安下心，进入了戏台上演绎的生命境界。无可非议，这台下的通道诚如一条生命的脉流，上千年间激荡不息。

不过，若是细看就会发现，后土庙这戏台和源神庙那戏台还是有些区别的。源神庙是山门戏台，后土庙这戏台虽也可以过人，却是在山门里边！这一区别，让我想起曾经的一孔之见。

说一孔之见并不确切。确切说该是一缝之见，也就是从门缝中的一瞥。那是个阴天，时已近午，仍然彤云密布，天日不现。我在陵川县礼义镇崔府君庙前焦急地踱步。锁紧的大门像直耸的云崖遏阻了我的步履，大方地施舍着少有的无奈。门前小屋里出来一条狗，是白的，微微泛黄；又出来一条狗，还是白的，微微泛黄。它们似乎读懂了我的焦虑，走近我摇摇头，摆摆尾，送给我两束怜悯的目光。然后，二位挑逗开来，逗打到两扇门前，往门上闯去，门缝宽了，一丝光色从中闪现。我像是发现了新大陆一般，匆忙上前，将一只眼睛对准门缝向庙里探射。

那一溜五间排列的大戏台就从这一条缝隙中挤入我的记忆。

戏台离山门很近，堵给山门一个后背，当然还有那高高的脊梁。正中有一个门洞，同山门相似的门洞。这门洞已经透露给我，这是一座相似于山门戏台的那种戏台。只是由于戏台位置的内移使之成了一座过路戏台。我还想多看它几眼，斜了左眼往右看，斜了右眼往左看，只看到耸立的高墙和墙上的背窗。我不甘这么走掉，又走到西门和东门，看到了两堵山墙和山墙上的月亮窗，看到了高高的台基和台基上的一根角柱，看到了平缓的檐角和檐角上的灰瓦，并趁着东门较宽的门缝拍下了一张照片。我不满足这样的探视，离开时是怀了沮丧的，还有些懊恼深深地隐在心底。却没想到这一缝之探竟然有用，竟会为我理解后土庙戏台提供佐证。我始明晓，人生所能敞朗观赏的物事很多，但也有不少禁区，或像崔府君庙那森严紧闭的大门，悄然剥夺了你纵目的权利，不过遇此尴尬千万不要放弃，不要放弃缝隙中的窥视。也许正是那缝隙中的艰涩挤憋，才会提醒你珍惜纵目放览的机遇。

我将记忆中崔府君庙的过路戏台置之目前，居然发现介休县后土庙的这戏台是与之极为相似的过路台。屈指算来，后土庙这戏台至少有三个戏台的特点：展现着上董峰村圣姑庙殿台一体的雄姿，显示着源神庙山门戏台的架构，还履行着崔府君庙过路台的职能。虽然不能说一叶知秋，却也看到了不少古戏台的风貌。

博采众长，这个词蓦然手舞足蹈在眼前，我真敬慕古人，把戏台建成了精致的艺术品。我在寻访山西古代戏台的过程中，不断与现代戏台照面。每一次照面都赐予我一个饱满的厌烦，用一个词语说明，是千人一面；用两个词语说明，是千篇一律。台级高，台口宽，台面深，台院阔，处处展现着一个"大"字。但是，这样大却没有任何一座戏台能够打动我，更别说震撼我。大得直白，大得空虚，大得给人挥金如土的感觉。即便互相之间没有模仿和克隆，绝对相似的手法，也难以逃脱抄袭和剽窃的嫌疑。绝不像古代戏台，珍惜每一寸土地，珍珠般的弹丸也能随地赋形，博采百家之长，打造出自身特色，使每一座都有不俗风采。我真想跪拜这些戏台，几乎每一座都是艺术精品。我真想跪拜建造这些戏台的工匠，或许他们从未想过艺术，从未想过个色，但是，他们一进入工地就会根据实际状况，调动自身的建造经验，大化出一个前所未有的戏台。

毫无疑问，后土庙这戏台就是这么大化出的产物，大化出的精品。

我放任目光，上下打量，左右观赏，旨在一次爱个够。观赏来，观赏去，总觉得难饱眼福。我只能恋恋不舍地告辞：

后土庙，我还会来的，哪怕再走后门也要将你爱个够。

庙门外的戏台

车进山西省阳泉市，高速公路绕行在山岭的狭缝里。睹山思人，一首民歌响在耳边：

> 冠山红楼万丈高，
> 倒吊人儿采连翘。
> 人儿摔死千千万，
> 骨头棒棒当柴烧。

歌中的冠山就在阳泉境内，冠山盛产连翘，连翘可以成茶，因而，才有了这让泪蛋蛋满脸流的歌谣。

歌谣背后有这么个故事。据说昔年，乾隆皇帝在京城喝了杯茶，清香满口，体通神爽，即问茶名。得知此茶是连翘茶，产在平定州。当即降旨，每年采制五十担连翘茶进贡朝廷。

这可害苦了百姓。连翘成茶很为讲究，必须采摘春花刚落时枝条萌生的新芽。早了没芽，晚了叶老，老了就没了青嫩的口香味道。因而，产量很低。乡邻们说，连翘棵子长满山，摘来茶叶一点点。采茶是件难事，可皇帝降旨，官衙催讨，不采不行，逼得父老乡亲漫山遍野搜找采摘。人多手稠，峰顶坡谷很难采到，百姓们只好腰拴草绳到悬崖上寻找。不少五尺男儿，绳断人摔，死在山脚。人们说：皇帝一杯茶，百姓少一家。正由于此，才有了那断人肝肠的歌谣：人儿摔死千千万，骨头棒棒当柴烧。

后又听说，这歌谣传到京城，传到皇宫，让一位大臣听到了。是日宴罢，乾隆皇帝与众人品茶谈笑，都夸这连翘茶美妙无比。唯有这位大臣目浸泪水，不言不语。乾隆问是何故？大臣施礼拜过，便吟诵了这歌谣。乾隆听罢，复又降旨，免去进贡冠山连翘茶。

这是个传说，不必当成真有其事。可是，从那凄婉的歌声中，我听到了发自心灵深处的呼叫。这歌谣生生不息，渐渐与戏台上那音响融为一体，自然是因为它最能倾诉众生的心愿。我记得少时看得最多的是杨家戏。在乡亲们眼中杨家是保国忠良，百看不厌。许多戏词台下早熟听成诵了，仍然看，看得如痴如醉。我的二爷爷是一位戏迷，只要邻村有戏，晌午过后，太阳老高，肘间夹一把马架走了，赶回来一定是夜半更深，这时才吃晚饭。

次日一早，二爷爷便点一锅子旱烟站在了十字里。有人过来问，夜黑里看戏了吧？他就滔滔不绝地讲开了：那老令公呀，真是对国家没有一点二心……说到得意处，指天画地，那烟袋便成了他手中的剑戟。那场景铭刻进了我的心间，一晃几十年过去了，我仍觉新奇，奇怪二爷爷那么大的戏瘾，忘了吮吸，烟锅灭了，仍然讲个不停。也奇怪乡邻们竟然越聚越多，听得入迷，倒似乎二爷爷就是那位人敬人爱的老令公。后来大了，悟出点事理，我方明白，杨家戏的流行表达了众生的心愿，渴望世道公正，多出英烈，保家卫国，共享太平。我也悟出了，戏剧是众生为自己勾画出的理想世界，当现实世界枯燥、乏味，甚至茫然、混沌得让人烦恼时，人们就到第二世界里滋润一番，这是感情的逃避，也是心魂的疗养，无疑可以缓冲心理重压。倘若真是这样，那戏剧的繁盛便是必然的了。

人们喜欢看戏，戏剧需要舞台，戏台也就应运而生，遍布城乡。明、清时期，即使窄小的庙宇也要挤进个戏台，于是便有介休后土庙、上董峰圣姑庙那样的联体戏台。然而，戏台是挤下了，可有限的庙院难以容纳众多的戏迷。戏台也就向更大的空间拓展，这便有了庙门外的戏台。

我看到的最为抢眼的庙门外戏台，是在代县枣林镇鹿蹄涧村杨忠烈祠前。这是一座清代戏台，体量不算很大，建造非常讲究。卷棚顶使之圆润豁达，前檐翘角又不乏锋芒外露。再加上台口处增添了护栏，石头望柱，木制栏杆，更显得处事严谨，活像端坐着一位颇通诗文的贤淑正旦。这戏台与对面的杨忠烈祠颇为般配，杨家以忠勇保国传世，品德似玉，不沾灰尘。建造这么一座结构严谨，形貌端庄的戏台，真是恰如其分。戏台前檐正中高悬一匾，词曰：颂德楼，更添一份高雅。

戏台建在杨忠烈祠前，当然是给杨家唱戏。唱给杨家的戏，不会没有杨家的事迹。在中国的戏剧殿堂里，杨家戏可谓蔚为壮观。从杨业归宋，到战死疆场，到佘太君百岁挂帅，再到后人前赴后继护国佑民，可歌可泣，催人泪下。剧目有《杨家将》《闯幽州》《金沙滩》《双龙会》《李陵碑》《两狼山》《五台山》《孟良盗马》《天波楼》《寇准背靴》《佘太君挂帅》《辕门斩子》《三关排宴》《破洪州》《穆桂英挂帅》……洋洋洒洒，不下百部。前些时偶翻《中国戏剧志·山西卷》，那杨家戏的红火大有燎原之势，山西戏曲没有不演的。中路梆子演《辕门斩子》，北路梆子演《北天门》，上党梆子演《天波楼》，蒲州梆子演《白沟河》。这还不够，各家大联手，一连几本的杨家戏上演了：《万寿宫》《乾坤带》《金沙滩》《雁门关》，将杨家的忠烈业绩唱了个淋漓尽致。一九六三年，临汾蒲剧还将杨家戏唱红了京城。吴晗看了兴奋不已，挥毫题诗：

《白沟》《港口》两驰名，

老将忠臣励后生。

卫国除奸歌业绩，

京华倾听"义和"声。

　　杨家将戏，可能是中国戏剧史上的唯一，也可能是世界戏剧史上的唯一。

　　查考历史，杨业在戏中又名杨继业，是北宋名将，在抗击辽国的战斗中屡立大功。曾刀斩辽国驸马萧咄李，生擒辽军将领李重诲。尤其是太平兴国五年，即公元九八〇年，契丹大兵气势汹汹分三路朝南扑来。大有占据中原，灭亡宋朝之势。危急关头，杨业率军出征，在雁门关截击侵敌，大败契丹兵卒。从此，杨业名声大振，屡立战功，被誉为"杨无敌"。雍熙三年，即公元九八〇年，宋太宗二次出兵征辽，杨业奉命与领兵激战，敌众我寡，被困兵败。杨业身负重伤，战马也身负重伤，无法行走，为敌所擒。他誓死不降，绝食而亡，一段佳话由此传扬开去。杨业就义后，子孙前赴后继，抗敌保国，尤以杨延昭（杨延朗）、杨文广名声最大。但名声再大，也大不过岳飞、文天祥，即使加上杨业的事迹，杨家事迹要列入中国唯一也不无距离。但是，随着戏剧的编撰，戏剧的流行，杨家的名声如雷贯耳。大凡上点年纪的人，没有人不知道忠烈杨家将。杨家将成为中国爱国教育的一个榜样，人们也以杨家为荣，以迫害杨家的潘家为耻，不少国人的荣辱观就在戏剧里日渐树立。在杨忠烈祠前唱杨家戏更是不乏教育意义。

　　再一次看到庙外戏台是在高平县西李门村，那时我沉浸在搜寻露台的痴情中，未进汤王庙，即见到了一座戏台。戏台很古老了，起码也是清代修建的，本应好好鉴赏一番，却因心有旁骛，一闪而过。开始留意庙外戏台是在阳泉市了。

　　那日，顺高速公路在山岭间旋舞，不多时便到了阳泉。正午的艳阳用笑脸将我迎到了新泉观。近前一看，禁不住乐呵了，这新泉观小的能一把握进掌心呀！虽落卧在一块高土上，可高不过背后竖立的楼房，这一比衬越发使它娇小成了一粒珠玑。登十数个台阶到门前，门也落锁，看看这窄憋的模样不可能容纳戏台，就退后来返回。谁料到就在转身的一瞬间，百米以外的一座戏台映入眼帘，连忙急步赶去，是一座清代戏台，显然是新泉观的配套建筑。这才留意高台阶前是一块平坦的阔地，正好是看戏的剧场。众生不仅为娱神造台，而且也为自己选造了存身的空间，可以舒开身子与神仙一同喜怒哀乐。

接下来，我一连看到了几座建在庙外的戏台。

阳泉市城区有一座，就在路边。我是前往河底镇，正赶得火急，发现身边的坡地里像是一庙，减速滑下去，果然是座翻修一新的龙王庙。龙王庙靠坡而建，先是亭阁，再是献殿，最后方是正殿，一层层递高上去，而坡地平坦处则是一座戏台。显然，戏台建在大庙外面。

爬坡上路，继续前行，不多时到了苇泊村。苇泊村的齐天庙，给人一种庙齐蓝天的感觉。村落萎缩在洼地，大庙突兀在悬崖，仰脸望去，屋檐正和蓝天上的白云撕撕挂挂。就想，难道那高崖上有阔可纳众的场地做剧院？又多虑了，回首时，戏台就在身边。身边这场地正是看演的场所。再看那戏台，不偏不倚，恰对庙门，又是一处献戏奉神、唱戏娱人的好景致。

从苇泊村出来，往娘子关去，平定县水峪村的古戏台，也坐落在关帝庙前。此时，我又领略了"十里乡俗不一般"的意思，这里的神庙戏台几乎全建在庙外。

庙门外的戏台，为古代戏台的百花园又添一种新的姿色。

村巷里的戏台

在太谷县胡家庄，我看到了一座独一无二的古代戏台。

戏台建在村口，孤零零的，而且坐北朝南。这方向引起了我的疑虑，一般大庙都是坐北朝南，为神献戏的戏台只能是神庙的附庸，应与神迎面，也就只好委屈它坐南朝北。这胡家庄戏台遇到了何种宽宏大量的神灵，不然，为何敢逆向落座？

这里原有何庙？我问村人，村人不知道。我查史料，史料没记载。《中国戏剧志·山西卷》上记有胡家庄戏台的芳名，却也名花无主，不见神庙的记载。难道在清代就有广众为自己娱乐而设的乐园？我不甘枉自定论，只能心存疑义。

戏台不小，为防人登攀，护了铁栏。我无意去攀，在周边观览。背墙上有语：华祝衢讴。这四个大字，引人遐思，一思考上古的往事扑面而来。

华祝，语出成语华封三祝。《庄子·天地》载：氏族社会，部落头领帝尧游于华地，在那里守护封疆的头领华封人，祝福帝尧多寿、多富贵、多男子。这三者是一般人求之不得的好事，帝尧却婉谢，回答是一个字：辞。

华封人不解，问是何故？

帝尧回答，多寿多劳累，要是晚年体力不济，还要拖累他人；多富贵多烦恼，要是贪图享受，就会损伤自己的品德；多男子多费神，教化不好，还会危害别人。

帝尧这辞谢的故事不胫而走，流传开去，成了无欲无私，天下为公的象征。流传越来越广，跨越时空，最终凝结为成语：华封三祝。

那么，衢讴有什么意趣？

衢讴的意趣就更大了，最主要的是讴歌帝尧的功绩。《康衢谣》唱道：

立我烝民，

莫匪而极。

不识不知，

顺帝之则。

这歌谣一下让人穿越进上古时期。

帝尧那个时候是农耕时代，而且是生产力特别低下的时代。炎帝开创农耕后，基本是刀耕火种，到了尧时期也没有太大的改善。因此，广种薄收就是当时的真实写照。广种薄收还算不错，最可怕的是有种无收，原因在于摸不准天时气象，不知何时下种为宜。一般的播种都是观测物象，要么看河水涨落，要么听山野鸟啼。这种现象别说尧时期，即使到了宋朝，那些偏僻的山野还是这样。我们不妨看一首诗。

> 野人无历日，鸟啼知四时。
> 二月闻子规，春耕不可迟；
> 三月闻黄鹂，幼妇悯蚕机；
> 四月鸣布谷，家家蚕上簇；
> 五月啼雅舅，苗稚忧草茂；
> ……

这是陆游的《鸟啼》诗。陆游生活在宋代，离帝尧时期也有几千年了，可是僻地山村的"野人"仍然按照鸟鸣的情况判断时令，决定农事，上古那个时候就更不用说了。物候判断难免有误差，误差大了，势必广种薄收，或者有种无收。薄收或无收都会没有饭吃，由此看来，这观天测时确实是个大事。帝尧当政后，将此事放在首位，他怎么观天测时？《尚书·尧典》记载得很详细，意思是：

帝尧命令羲氏与和氏，敬慎地遵循天数，推算日月星辰运行的规律，制定历法告诉人们。他分别命令羲仲、羲叔、和仲、和叔到东西南北四个不同的地方进行观察。羲仲住到了东方的阳谷，观察日出，将昼夜长短相等的那天判定为春分。羲叔住在南方的交趾，观测太阳向南回来，白昼时间最长的那天，定为夏至。和仲住在西方的昧谷，观测落日，将昼夜长短相等的那天定为秋分。和叔住在北方的幽都，观察太阳往北运行的情况。将白昼时间最短的那天，定为冬至。

根据观测和研究的结果，帝尧判定一周年是三百六十六天，多余的时间用加闰月的办法解决，确定春夏秋冬四季，也就是一岁。这样一来，那时候就摸准了天时变化，人们耕种就不用再看河水，听鸟啼，而按照掌握的节气变化来进行播种了。不用说，农业只种不收，广种薄收的局面改变了。人类向前大大地跨进了一步，所以，才高声歌唱，要让大家吃饱肚子不难，哪怕你什么也不知道，只要顺从帝尧的法则就可以了。衢，是指道路。《康衢谣》，据说就是众生站在一个名为康庄的村巷里歌唱。

或许这只是一层含义，也不排除另一层含义，就是这戏台的真实意图。试想，别的戏台都是敬神娱人，借助祭祀神灵人们才能看到戏剧。难道偌大神州，泱泱华夏，就没有一处破天荒的先例，来个以人为本，为常年辛勤耕耘、辛苦做工的众生唱一台大戏？或许，太谷县胡家庄这戏台就是先例。是啊，反复打听，认真查考，根本没有庙宇可对应，没有神灵可敬祀，戏台在村路上独领风骚，岂不就是实实在在的"衢讴"？

衢讴，不是庙讴，不是寺讴，也不是道观之讴，莫非这戏台就是村台，专门为广众百姓唱戏的？若是果真如此，那胡家庄真是一花独放啊！

为百姓讴歌，为平民舞蹈，胡家庄率开先河！

村门口的戏台

山门戏台移入庙中是一种变异，移出庙门，移至村口，那是更大的变异了。

　　探访古代戏台，我看到了多种样式，而村门口的戏台却是唯一。那是在高平市康营村，稍微疏忽我就与这独一无二的戏台擦肩而过了。

　　从高平市西行，宽平的沥青路让汽车的时速缩短了距离，其实距离依旧，而时间是缩短了。时间的短暂使人觉得要去的康营村还很遥远。待停车询问时，只得回返。回返又返错了路，在坑洼不平的土路上爬行了漫长的一段时间。总算进了村，总算见庙了，而且，从门缝中看见了一座戏台，就是大门紧锁无法进入。庙前逢集，人群熙攘，闹闹哄哄，找大门钥匙找不到，无缘进去，只好悻悻离去。

　　快出村时，给我驾车的乔梁说了一句：那是什么？我没看清，仍然烦着没能进门的郁气，也就没有留意，路平车快，已驶出好远，便没有回返，径直往上董峰村奔去。看过上董峰村的戏台，仍为没能见了康营村的戏台遗憾。好在该村离大路不远，于是二次再进康营。

　　真是进对了。将车停在出村时不经意闪过的路口，步行往里，走了百十来步，有一门楼当道耸立，看上去是原来的村门楼。这样的门楼，我们村也有，就在我家门边。小时候经常爬上楼去玩。夏天里，深长的门洞下凉爽无比，炎热的午间，我常端了饭碗在那下边细嚼慢咽。只是我村那楼是砖圈的拱洞，而这门楼却是木柱直接撑起梁架。我村的门楼早在大跃进的吼喊中掀翻拆掉，建了从没有发过电的发电站，而这门楼逃过狂热的摧折依旧还在，幸哉，幸哉！

　　抬头一看，门额上"古光狼城"四个大字与我对了眼。古光狼城，这名称似曾相见。古光狼城，古光狼城……连读数遍，《史记》的话语响在耳边。《秦本纪》昭襄王二十七年有句："白起攻赵，取代光狼城。"

　　哈呀，这里竟是光狼城！历史的血腥扑面而来，我顿时不寒而栗。

　　血雨腥风的战国年间，秦昭王派兵攻打赵国的长平关。赵国守城的是老将、名将廉颇。说老是年龄高迈，出名是因负荆请罪扬名远近。廉颇英勇善战，坚守城池不出，秦军寸步难前，连续三年战而无功。无奈，秦国只好使用离间计，在赵都邯郸四处散布：廉颇老了，气力差了，胆子怯了，躲在关城不敢出战。自己不战也罢，将士出战也要杀头，天下哪有这样的将军！听了闲言碎语，赵孝成王起初不信，可是，阴风越刮越大，未免有些动心。赵孝成王并不鲁莽，即派人前去督阵，催促廉颇出关歼敌。廉颇审时度势，认为秦军还不够疲惫，出击难以取胜，仍然坚守不出。赵孝成王得知，对廉颇大为不满。

赵孝成王要临阵换将了。换谁？他选中了赵括。赵孝成王召见赵括，赵括侃侃而谈：廉颇年老怯战，让秦军盘踞国土。我若上阵，会像秋风扫落叶一样将秦军打得溃不成军。赵孝成王听了倍长精神，大有用之悔晚的歉疚，立即下令赵括带领二十万人马前去接替廉颇。赵孝成王忽略了一句话，谁的话？赵奢的话。赵奢是赵国的名将，曾出奇兵大胜秦军，那句流传很广的话"狭路相逢勇者胜"，便出自其口。这里要说的是另一句话：纸上谈兵。这话是说给其子的，他认为儿子熟读兵书，不尚实践，纸上谈兵，言过其实。其子就是赵括。

知子莫过父，果然。赵括率兵来到长平，长平原有二十万守兵，加之带来的二十万兵卒，统共有四十万大军。这么浩大的队伍不打败秦军才算怪呢！可惜，这位纸上谈兵的将军创造出的是全军覆没的千古悲剧。赵括一改廉颇坚守城堡的战术，主动出击，派兵交战。秦兵佯败，给了赵括一个欣喜，又一个欣喜。喜得赵括忘乎所以，率领大兵长驱直入，直追到秦军营寨。哪料，此时的他已危在旦夕了，秦军迅速截断他的后路。等他知晓，掉头回返时又中了埋伏。东突西杀，无济于事，赵括便在秋风扫落叶的热望中，让秦军将他和他的兵卒秋风扫落叶了。赵括被乱箭射死，四十万士兵也尽被俘获。

世界战争史上的惨剧发生了，秦军大将白起竟嫌赵军降兵累赘，下令午夜斩杀，晚间食肉饮酒，一醉方休的四十万人，眨眼时分变为刀下鬼魂，血流成河，头堆成山……

这一切凝结为太史公笔下的九个字：白起攻赵，取代光狼城。

太史公轻轻的一笔，翻卷着我胸中的惊涛。我愣怔了好久，方才挪步，沉甸甸走进门里。

一入门口，就看到了两旁搭板的槽口。这是一座搭板戏台。里行十数步，回望，整座戏台收入眼中。一人高的台基上直立着四根石柱，石柱上横架着不粗的檐檩，檐檩下挂搭着花板，花板是整座门楼，或说戏台最费心思的构件。房顶不仅不见精细，还有些平白，不像多数庙宇的楼台还会被波折成柔和的曲线，脊顶和鸱吻简直有些草率，好像是搞政绩工程，硬要赶在什么时间前献上一份厚礼。不过，若是不留意其细部，这敢把山门戏台移位于村门口的大举就很为迷人了。

更为迷人的是，顺村胡同里行上百步，就是一座小庙，是所关帝庙，关帝庙小如农家院落，连献殿也容不下，那里容得下戏台呢！站在关帝庙正殿外望，一眼就瞅见了远远的戏台，可以想见，昔年的闹红火、唱大戏，关老爷都可以一目了然。这就得感叹戏台建造者的英明。难怪村人得意地说：

咱这门楼用处多了。平日过人，过车；庙会、节日搭上板就能唱戏；若要是兵荒马乱，关紧大门可以抵御、防范。

这抵御、防范惊心动魄，秦赵烟云早成旧尘，血雨枯干了，白骨腐朽了，余悸却仍留在后世子孙心里。古光狼城四个字再度写在门额上，赵氏后裔该是何种心情，是要不忘先祖的屈辱？是要增强保卫城池的信念？这浸透鲜血的土地该怎样警示后人？

这一切不是我在门楼下，戏台旁，陌巷中徘徊沉思所能领悟的。我能领悟的是，赵氏后人不会再纸上谈兵，这苍老的门楼就是明证。他们懂得了变易，懂得了变易学到的东西，懂得了根据自我实际变易获得的真谛。因而，才造就了这稀有罕见的村门戏台。

我在戏台边痴迷，不觉然日头已经西斜。庙集上拥挤的人陆续散去，走出村口，走向自己的村落。走过门楼的众生没人放慢脚步，没人抬头仰望，更没人低头沉思，他们像平日一样，平静祥和地走来走去，走在古光狼城里。他们知道那四十万冤魂吗？也许知道，只是时日久了，便平淡了；也许不知道，那真该编一部大戏——《长平关》，就在这古光狼城的戏台上演出。

三座对唱的戏台

临汾市蒲县城东，有一座风光秀美的翠屏山。

风光如何秀美，山巅有庙，庙中多碑，有一碑为《重修东岳庙碑铭》。碑上描绘着秀美风光：

其西、其东、其北则有清湍鸣涧，其南则有培娄罗列若伯仲然。

青松苍柏环于四周，上及于巅，下及于趾，郁郁然，森森然，无虑千万章。孤峰巍然，有以超众山。之上一区凡若干亩，花竹交加，云烟吞吐，四时之景虽露，盖有千态万状，虽霍山、王屋之秀不能有加于此。彼幽者，神于是焉栖，固其所也。

山势崔巍，风光独佳，真如一幅仙画。然而，若到山前，你问翠屏何在？也许会让路人哑然。唯有问柏山，路人才会手指身边突兀峰峦。这是因为，人称翠屏为柏山已近百年。

翠屏本就很美，为啥要改名柏山？

说来有一段佳话，佳话还和三座对面演艺的戏台有关。

大概在清末的时候，社会动荡，偷贼四起，偷伐树木的歪风到处弥漫。翠屏山上的松树、柏树好端端就被砍伐了。县衙闻知，通告：不准砍伐山林，缉捕到要罚银、蹲狱。通告一出，衙门鸣锣张布，大肆宣传，也还安然了数日。然毕竟山广林阔，衙役有数，护林捕盗，警力不足，因而，不几日死灰复燃，贼盗和衙役捉开了迷藏。正是，法难治众。衙役巡捕辛劳着，树木山林被砍着，绿荫日渐少了，山头日渐秃了，知县石应灵慌了。

这日起床，即告诉仆役，昨夜东岳大帝黄飞虎入梦授联，快备文房四宝，匆匆洗漱，挥毫落笔，写下：

> 伐吾山林吾无语
>
> 伤汝性命汝难逃

写毕，即命刻制木联，要择日悬挂在东岳庙前。

不几日，远近民众闻知，东岳庙逢会唱大戏，而且是三台戏并唱。众人纳闷，以往三台共同唱戏，每年只有一次，也就是一天，即东岳大帝黄飞虎生日的这天——三月二十八。这次离三月二十八尚远，唱的是什么戏？

越不知道唱哪门子戏，越想知道内里的奥妙。何况，唱戏就挺有吸引力的。乡邻常说，宁卖二亩地，也要唱台戏。又说，进了戏场入了迷，肚子饿了不觉肌。这一回唱戏由县衙破费，又不花庙上的银子，有啥不好的，有啥不看的。到了正日，翠屏山上的条条大路小道人头攒动，前簇后拥，络绎不绝。日上三竿，庙里庙外满是人头。看看时到人满，知县大人宣布开戏。大幕一拉，鼓乐高奏，有人扮神唱做一段，唱的就是给知县石应灵托梦讲联的戏文，接着两个武生抬出一双联板，随着乐声悬挂在大庙前的楹柱上。众人一听，一看，这东岳大帝还真显了灵圣，就有些胆寒，收了砍树伐木的邪念。

也有胆大的，砍树伐木发了横财，手痒的哪甘罢休，趁个风紧夜暗的时辰，拿了利斧，复上山来，瞅棵上眼的柏木便砍。砍着砍着，就听风叫得怪厉，像是狼嚎，像是鬼叫，呼啦啦要扑过来。怀疑不对，是小鬼、无常赶来，慌忙逃窜。天寒风紧，步子一急难以踏稳，一忽闪坠下崖去，摔了个挺尸深渊。从此，无人再敢有贼胆上山盗木毁林，方留下这翁翁郁郁的林木。这林木多是柏树，这柏树多为白皮。白皮柏树覆盖山顶，令翠屏山森茂威严，人们便改称柏山。

时至今日，百年岁月已过，山上仍然柏木葱茏。看见柏木，人们就想起那位聪明的知县石应灵，那副有趣的对联，当然还有那挂联时唱的三台大戏，是这大戏将对联流播开去的呀！有人说，那对联是最早的森林保护法；有人说，那戏台、戏场是早先的新闻发布会场。说法不一定准确，倒是很耐人寻味。

我不止一次登上柏山，不止一次走进东岳庙，也不止一次在戏台前留连。这三座戏台本身就很独特，不是芮城东吕村那种体量一致的三连台，也不是壶关真泽宫一大两小的三连台，还不是介休关帝庙前台基实筑的三连台。这三座戏台建在三面，正面是座过路台，与第三道门楼融为一体，可以说是山门戏台，也可以说是过路戏台。戏台正对的是看亭，看亭当然是看戏的亭阁。坐在看亭上可以观看正中的戏台，也可以顾及左右两面的戏台。奇特恰在这里，左面有戏台，右面也有戏台，环周除了设置大殿的一面，各有一台，这是我走遍雁北、晋南见到的独此一例。

每至这东岳庙里，每观这三座戏台，不由人产生联想，想这三台戏要是同时开场，是怎样一种热闹纷争的场面。演出戏班若要是没有点硬功夫，恐怕还真要落个叫倒好，难下台！所以，早先的戏班都有自己的压轴戏、拿手戏。别说那些过人的功夫，普普通通的戏子也需要有个好嗓子。以前唱戏没有麦克风，没有扩音器，更没有当下的多功能音响，全靠嗓子，一声唱响要喊得台下静静悄悄，这叫压场。当年我看戏，好把式一出场，台下听得寂寂的，乡邻们形容这静像是抿死了蝇子。若是换个二不愣出来，那场中蝇蝇嗡嗡一团嘈杂，看的人没心劲，唱的人也熬时分，熬完戏词慌忙溜回后场，真有些仓皇逃窜的意思。这还是好的，怕的是刚出场就碰上一鼻子灰。有一回，我见到了这么一件趣事。台上唱戏的竟然和台下看戏的吵起嘴来。台上锣鼓响过，冷不丁冒出一角，劈脸就白：

"我乃……"

这是报身份姓名，不料，刚一开口，台下有个冒料货就喊：

"这倒灶鬼眉目又出来了！回去吧！"

戏子听了，一肚子火气，趁弦乐送韵的悠然空间，扬起长袖捂头低脸，横眉冷对前头发声的那冒料货，回敬：

"你唱得好，怎么不上来！"

回敬一句，复又随板接韵，哼唱两声。正唱间，就听那冒料货又喊：

"我不上去，脸没有你那么厚！"

戏子得空又回敬一句：

"别打肿脸充胖子，你没这能耐！"

不知戏听清了没有，好像这争吵大伙都听见了，轰的一声，全场爆出大笑。

从此知晓，这唱戏是个最见功夫的活儿，弄不好是要出笑话的。

每回看夜戏，都过子时。二日，我肯定懒在床上不起，要把昨天的觉补足。而唱戏的却没有这福分，天色未明便要起来，走出户外，走出村外，走到旷野，走进农田，在没人的地里喊唱个痛快，乡亲们说是炸嗓子。其实是练发声，要练出那一声唱响压住全场的功夫。有了这功夫，才敢登场，敢不敢登那三座戏台同时竞演的场子还有待商量。

在东岳庙感受到的不仅仅是演员之间、戏班之间的激烈竞争，还可以感受到另一种激烈的竞争：剧种之间的竞争。从碑石和戏台题壁上，可以看出土戏和官戏的竞争。这场竞争被研究戏剧史的专家称为花雅之争。花雅之争的开端在清代。

　　清代乾隆皇帝十分喜欢戏剧，南巡江浙时看了官吏富豪献演的戏曲，清新、质朴、拨动心弦，当即重赏献戏的官绅。而后，北归时又将自己喜欢的艺人带回京都，置于宫中，随时赏听。这些艺人在皇宫的教坊中，潜心钻研，提高演技，形成了乾隆百看不厌的京腔。京腔传布出宫，京城的达官贵人也以观赏为乐。皇帝推崇，官宦媚逐，京腔唱红了都城。只是，京城的艺人渐渐被供养得富丽豪华，场面辉煌，行头奢华，普通平民消受不起了。

　　这时，京都刮起了另一股戏风，这股风是由魏长生带进去的山陕梆子掀起的。本来山陕梆子在乾隆初年就已进京，却因为京腔红极一时而难以称雄都城。魏长生不服这口气，在乾隆四十四年带着一腔豪情闯进北京。初来乍到，很少有人问津，魏长生找到双庆班的班主，说：

　　"贵班如用我挂牌，两个月肯定唱红，否则，甘愿受罚。"

　　反复陈情，班主方才勉强答应。

　　魏长生挂牌登场，唱的第一出戏是《滚楼》。该剧演唱的是伍子胥之子伍卒和黄赛花的爱情故事。魏长生扮演妖娆侠勇的黄赛花。他扮相逼真，眉目传情，一举手，一抬足，招招见戏。特别是那双亮眼，圆睁、微闭、斜瞥、弯挑，哪一动都灵妙传情。一亮相，魏长生就扣住了观众的心魂。

　　京都观众看惯了京腔，场面大、铺陈大、阵容大，豪华宏阔，无不奢丽，做戏却尽成套路，难见真情。戏迷看惯了，生厌了，不看又没有什么可看，因而，情感世界里早已旱情焚燃，渴望雨露滋润。魏长生这一场表演，跳开套路，独辟蹊径，招数新颖，细巧精妙，恰似一场春雨滋润干渴的京都戏坛，戏迷们亮睁双眼，只怕错过了每一个细小的动作；静扬双耳，唯恐少听了每一句摄魂的曲调。从开场到谢幕，鼓掌声不断，叫好声不断，魏长生以及魏长生带进京都的山陕梆子就这样唱红了！

　　魏长生演《背娃进府》的农妇表大嫂，座无虚席；

　　魏长生演《杀四门》的巾帼英雄刘金定，场场爆满；

魏长生演《卖胭脂》的痴情姑娘王桂美，掌声雷动；

……

从此，魏长生以及魏长生带入京都的山陕梆子风靡戏坛，整整六载。

如果不是乾隆皇帝的圣旨禁令，可能还会持续红火下去。公元一七八五年，禁令颁布：

乾隆五十年仪准，嗣后城外戏班，除昆、弋两腔仍听其演唱外，其秦腔戏班，交步军统领五城出示禁止。现在本班戏子，概令改归昆、弋两腔。如不愿者，听其另谋生理。倘于怙恶不遵者，交该衙门查拿惩治，递解回籍。

魏长生没有想到会遭此厄运。但是，他应该想到，在他唱红的年月里，京腔冷落，剧场罗雀，"六大班几无人过问"（《燕兰小谱》）。自然，场歇班散，戏子失业。难道乾隆皇帝会看到他扶持、推崇的京腔就这么萎靡不振，落花流水？乾隆要动用他的权力了，动用的结果是禁演秦腔，也就是山陕梆子。魏长生一定痛心，一定伤情。痛心和伤情又有何奈？皇帝要倡导他所谓的雅戏，禁民间的"花"戏，谁能和他抗衡？在这个世界上，什么都可以抗衡，唯有和权力不要抗衡，权力的魔力胜过个人能力的千倍、万倍，抗衡的结果很可能要被杀头，杀头还是幸运的，最害怕的是先割了喉管再杀头！

魏长生没有和权力较劲，离开京都，流浪扬州、苏州、四川等地，再度返京时，已是十五年以后了。嘉庆六年，也就是公元一八〇一年，魏长生六〇岁时重上京都戏台，山陕梆子又一次露脸显眼。

这就是戏剧界公认的花雅之争。

花雅之争也波及了山西，而且波及了晋南，蒲县东岳庙里也感到了瑟瑟风寒。可谓城门失火，殃及池鱼。

东岳庙碑石诉说：

乾隆丙辰岁，东神山纠首老先生等十位因土戏亵神，谋献苏腔。

——这是《用垂永久》碑文所记，时在公元一七七七年，即乾隆四十二年。请注意，此碑文尚在"谋献苏腔"，而谋献的十位老先生是"因土戏亵神"，还是害怕有违圣爱，这便成了谜。

土人每岁于季春二十八日献乐报赛，相沿已久。……至期必聘平郡苏腔，以昭诚敬，以和神人。——这是《昭之日月来许》碑文所记，时在公元一七八二年，即乾隆四十七年，献戏苏腔已成惯例。

三月演乐，旧规觅自外境，正日不用乱弹，恐亵神也。万一误戏，或用土戏暂补者，不得动用公钱。——这是《东神山补修各工并增三处戏钱碑记》的碑阴续批，时在公元一八二一年，即道光元年。我注意到这时虽仍坚持不用乱弹，但仅在正日，而且留有余地，误戏可用土戏暂补，又恐暂补土戏得罪官府，便又申明"不得动用公钱"，这般精明的措辞，真是当代车轱辘话的源头了。由此可见，苏腔雅戏的地位已经动摇了。

此后，我们在碑石上再也看不到禁演土戏的铭文了，而从留在戏台上的题壁词中看到了山陕梆子名演员祁彦子的墨宝：

大清光绪七年三月二十九日，辛盛班到此一乐也，价钱一百七十千。拙笔人祁彦子题留。

这表明，历时数十年的花雅之争，以雅的横盛开始，又以雅的衰弱消亡而告终。横盛缘起于权力，缘起于乾隆皇帝只要他的妄自尊大，而不要民间的多样化。结果，乾隆逝去了，他的妄自尊大也同他一样逝去了，而他力禁的多样化，却野火烧不尽，春风吹又生了。

以史为镜可以知兴替，东岳庙戏台也潜匿着这样的世理。

三面开口的戏台

见到板峪村戏台，我始觉得自己词语贫乏，没有什么合意的词句能够表达内心的激情。

介休市板峪村紧挨大道，这大道早先尚是晋南通太原的必经之路，应该说板峪村所在的位置并不暗偏。可是，我去板峪村却走得很难，回想起来，两种感觉同时涌现在我的心间：远和险。

我是从源神庙下来去板峪村的。从地图上看有两条路，一条近路，一条远路。近路是从洪山镇往东南直接去，远路是从原路返回介休城绕大圈去。我选择了近路。要说近路就是近，距离要比绕大圈近得多，只是这次近路走得却不近。这是在山里行走，路窄车少人也少，顺路钻进了煤矿小径，多亏有个骑摩托的人告知、引导，方走出歧途。接着爬了一个陡坡，坡在悬崖边搭着，走的人毛骨寒瘆。翻一座山，又翻一座山，在山头上看见远处山坳里有了村落，而且那村落古旧得有些破败，马上精神抖擞，让那破败唤醒了昏昏欲睡的神思，定睛远眺。之后，就直奔破败而去。

说直奔，显然是不够准确，实际还是在山路上弯来绕去的盘旋。盘旋到峰腰，有了平路，沿平路前行，前行，终于到了板峪村，见到了这座三面开口的戏台。行路的艰险，拉远了我和板峪村的距离；追觅的困难，平添了目标的珍贵。因而，见到板峪戏台我好生兴奋。

准确说，这戏台夹在山缝间。西面是山，山上起伏着我的来路；东面是山，山上摞着无数小山，小山重叠，重叠成连绵千里的太行山。西山和东山之间，有一条深沟，贯通着南北。平日里透气通风，阴雨天排水泄洪。板峪村镶在沟边，远远看去像是山腰间的一粒纽扣。自然，那戏台只能算纽扣上比扣眼还小的针眼了。

可就是这个小得不能再小的针眼，却让我看傻了眼，站直了腿，久久难以拔步。

　　戏台东面依山，西面临沟，也就是说，可以平坦利用的领地十分有限。有人曾经形容东岳庙下的那个小县城，小得有人戴顶草帽进东门，一不小心脚下被绊，那草帽早就滚出西门了。如果用这种夸张的语言描画板峪村那块平地，不必用草帽，伸出一只手就可以遮掩得什么也看不见。可就在这巴掌大的地盘上竟然建有三座庙，按照常规，有三座庙就应有三座戏台，地盘如此小，要建三座戏台确实是个难题。

　　庙宇多，戏台多的现象并不少见。介休城里后土庙那一带，不是簇拥着三清观、火神庙、关帝庙吗？何况，后土庙中也还有真武庙和三官祠。庙多戏台多，有了后土庙的独台，又有了关帝庙群前的三连台。可那是在平地呀！山上也有多庙的地方，蒲县柏山上不仅有东岳庙，还有华池庙和太尉庙，各庙均有戏台，可那是在几个山头呀！而这板峪村，要在自己的辖域，在山缝缝里展现人家一个县的风姿，难啊！

　　遥想当年，山中父老面对这牙缝缝般的空间肯定面生难色。龙王庙该建，峰光岭秃，没有绿树，天上过来的云一出溜，远了，落场雨不易，要敬奉龙王请他降雨。有了雨，田里长出五谷，才能填饱肚子享享福。可要填饱肚子，还要福气盈门，三官要敬，他们是管天、管地、管水的呀！天官是尧，他管给人间赐福降财，要有福享离不开他老人家；地官是舜，他管地上禾木生长，要五谷丰登离不开他老人家；水官是禹，他管水流归川，要防洪水泛滥离不开他老人家。关帝也要敬，四乡八村敬关老爷的很多，他老人家仗义，是皇帝封过的三界伏魔大帝，敬祀他可以消灾免祸，该建座庙。对了，还有一神要敬——吕洞宾，他老人家是八仙中的一位，心肠慈善，怜弱扶贫。曾经化作卖油翁周游尘世，在村前的山谷里还扶助过一位老妇。别人来买油，吕洞宾给足给够，都还想要再添点。唯有这位老妇从不多沾光，讨便宜。他老人家动了心，来到老妇家中，见光景并不富裕，就想帮助。瞅着院里有眼井，顺手撒了一把米，不一会儿，满院飘溢清香，井水变成白酒了。老妇就靠这酒经商卖钱，光景大为兴旺，众人无不羡慕。过了几年，吕洞宾又来卖油，顺道转进老妇家里。可巧老妇不在，儿子正给酒商装篓。吕洞宾老人家上前问候，这自来酒可好？年轻人问他买酒吗？他答不买。儿子自顾指拨人干活，不再理睬他。他耐心等待，待买酒的担走，又上前问，这自来酒可好？儿子说：

"好是好，就是没有酒糟喂猪。"

吕洞宾仰头大笑，笑毕开口，有诗出唇：

> 天高不算高，
>
> 人心第一高。
>
> 井水当酒卖，
>
> 还嫌猪无糟。

吟毕诗，伸手一扬，收回井中米粒，转身而去。

儿子再弯腰舀酒，这酒已淡然无味了，井酒还原为井水了。

乡亲们不贪财，有酒就行；乡亲们不贪酒，有井水也行。撇开这些不说，这吕祖仙还是位墨神呀，不能让咱们的儿孙再胸无点墨了。敬，敬上这位吕祖神仙。

如此一来，这神多地盘小，该如何是好？

这就让我们感叹板峪村父老的精明了。他们昔年的谋略就在我的眼前。北面是座龙天庙，庙分两层，一层供奉龙王，二层供奉天官、地官、水官，这三位，人们称为三官。按此称这里应为龙三庙，不好听，因而便取天官的天代称，就有了龙天庙。南面是座关帝庙，关帝祖宅解州，供于南面合情理。东面是座吕祖庙，可山边实在没有地盘，于是，将他老人家供奉在山顶。这也很好，他老人家是位神仙，神仙行空，如风如云，高踞云端，更见清逸。三座庙建好了，只是往哪里填塞三座戏台呢？若是无台，如何唱戏？若是无戏，还算敬奉？

戏台的建设仍然是道难题。

这道难题的答案最见光彩。恕我见少识陋，就目前所及我还没有见过像板峪村这么巧妙的三面可唱戏的戏台。如果说，三面开口的戏台不少见，那是在元代，元代戏台多三面露明，均可看戏。但是，那是戏台初创之时，戏剧还是以表演为主的年头。而板峪村这戏台却大不同了，说三面开口，是说三面均可开口，平常只见一面有口。这口留在哪面，哪面便开台唱戏。每年农历三月十五日，吕洞宾高阁逢会，东面开台，欢歌笑语；五月十三日关老爷生日，南面开台，欢聚热闹；到了六七月间祈雨、谢雨，北面开台，欢天喜地。一座戏台奉迎三面神灵，哪面也得欢心，正可谓面面俱到。

靠实说，还差西面。西面原计划在沟对面建一所河神庙，不知缘何此事搁浅。倘若建起，那就成了四面台，称面面俱到就名副其实了。尽管西庙未建，这戏台也难见其二呀！

那日，赶到板峪时，天出奇地好，大太阳把山顶、沟底都照了个亮。我的筋骨也和那山顶、沟底享受着同一种待遇。我先往山顶上爬，一路上去，那戏台就在我的脚下，外形外姿被我看了个彻头彻尾。当然，两侧的古庙也跳不出我的眼神。这样一种布局，一个设置，再高明的建筑师见了也会称奇。到了山庙，庙已破烂，塌塌挂挂的房檐，蓬蓬乱杂的蒿草，不再给人以生机。可是，听沟里一语，如在耳边，就知道这戏台的奇妙不光在形姿、位置，还有着乐享天成音响的考虑。先前常听老人言说，唱戏要想效果好，不光把式要顶真，还要台子能收音。收音是为了放出去，广为传布。这山尖尖的庙里既然听下面的悄悄话如听耳语，当然唱戏的时候一定声扬山巅，坡沟共享。

忽生一疑，疑自庙碑。明明这庙里供奉着吕洞宾，却怎么是座嗷师庙是人生的悲哀。在人世间这个大戏台上，生命的悲哀随处可见，即使高歌"仰天大笑出门去"的李白，又何为能跳脱生命的悲哀？悲哀的生命令他高喊，喊出了"天生我才必有用"，可在世时他的用在何处？难道就只能用笔下的诗文让杨贵妃艳笑吗？难道就是用杨贵妃的艳笑让唐明皇艳笑吗？舍此，他的生命就是一种沦落和浪费，唯有这沦落和浪费鼓荡着他高歌出无数生命的悲歌，他的生命才因了生命的悲歌而跳脱时代，超越羁绊。

那已是往事，戏台的生成也是往事了。往事渐渐远去，渐渐没落，这戏台也是一样，房顶上密集的枯草活画着世事的变迁。在变迁中，生成了一座新的戏台，就在沟对面，早先要建河神庙的地方，那戏台同场院都可以用"阔大"一词写意。可那阔大里绝无足下这憋窄具有丰厚内涵，甚而，令人觉得有些直白平淡，也就觉得留有这古旧的戏台意义非凡。

很久了，我方下山，方离开。路上却遇到一家娶亲的，一顶花轿抬来个时尚的新娘。挥汗喘行的轿夫把如雨的汗滴洒进沥青大道，晃悠起舞的古轿颠达着二十一世纪的佳丽。时代能用这种方式收留往昔，自该有办法收留那些古代戏台。

对着古轿，我笑了，笑得定是傻呵呵的。

小　煞

乐楼下的戏台，殿背后的戏台，联体过路戏台，庙门外的戏台……每见一座兴奋一次，每见一座感慨一次。感慨每一座戏台都在循规蹈矩，感慨每一座戏台都不循规蹈矩。每座戏台都把矛盾集于一身，每座戏台都化解和融合了矛盾。

为何会有这种感慨？

戏台有戏台的定式，这定式就是必须合乎演出规范，要能出将，要能入相，要能让出将在台面做、念、唱、打，要能让入相换装休息。这就是铁定的不可动摇的规矩。我以为古代戏台无一不操守这些既定的成规。说循规蹈矩，正在这里。

那么，为何又说这些戏台不循规蹈矩？

因为在遵守定式的前提下，每一座都不是固定模式，都不是照搬他处，而是根据自己的地理，自己的条件，自己的需要，重新建构理想的建筑。这才跳脱千篇一律，千人一面，形成形姿各异，百花竞妍的态势。

古代戏台，是一部大著，是一部关于艺术创作的鸿篇巨制，内中包含了太多太多的创新真谛。

说复杂也复杂，是每一座都有不同的结构原理；说简单也简单，是每一座都是在因地制宜，随势赋形。从演艺的目标出发，从自身的条件入手，不贪大，不跟风，建造出独具风格的戏台。

斯人远去，架构尚在，读懂真谛，对我们走向未来，说不定还是难得的清醒剂。

第四折　生根在庙宇

戏剧注定和庙宇有扯不断的关联。

戏台注定和庙宇有扯不断的关联。

这是一种必然，也是一种无奈，更是一场悲剧。中国的戏剧起步不晚，成熟不早，原因何在？

如前所述，是中国的戏剧没有直接走上娱乐的舞台，而是久久在祭祀的天地徘徊。徘徊千余年终于成熟了，可是戏剧不是在纯粹的娱乐场所成熟，还是在祭祀殿堂成熟。更多的戏剧是在神庙里上演，更多的戏台也就在神庙里兴建。

神庙，竟然成为古代戏台集聚的地方。

为探求古代戏台，我三十番五十次奔向庙宇，三十番五十次走进庙宇，三十番五十次感受庙宇。未曾想，庙宇里装满了先祖的精神信仰，戏台上装满了先祖的情感理念。

精神信仰是行进的导向。

情感理念是移步的方向。

神庙里，有着先前兴旺的书写，也有着衰落的缘由。

戏台，又何为不是这样？

从牛王庙到明应王庙

这是一个蹩脚的说法：从牛王庙到明应王庙。

好像离开了庙便没有什么可言了。其实，正是庙让我感知了一个道理。

倘若二十年前你问我：山西古戏台在哪里？

我肯定会哑口无言，甚而还觉得这个问题古怪。

而今，我可以明确地告诉你，山西古戏台多在庙宇里。

先让我们走进临汾市魏村牛王庙。庙中有清光绪二十四年，即公元一八九八年重刻元代《广禅侯碑》。碑文记载：

> 庙枕村之北岗，姑峰秀于前，汾水环于左，地基爽垲，栋宇翚飞，石柱参差，乐亭雄丽。远近士庶望之俨然，敬心栗栗，罔不祗畏，实一方之奇观。目睹祀事，今罕有之。至于清和诞辰，敬诚设供演戏，车马骈集，香篆霭其氤氲，杯盘竞其交错。途歌里咏，伛偻提携，往来而不绝者，至日致祭于此也。

多么雄伟的庙宇，多么热闹的庙会！

我虽无缘亲睹昔日的胜景，却看到了现在的红盛。每年庙会，附近村民纷沓而至，焚香叩拜，美食奉献，而后便在这庙里看戏。戏班多是蒲剧名团，两次获得全国戏剧梅花奖的演员任跟心曾登台表演，让父老乡亲看直了眼，拍麻了手，叫好声能喊哑嗓子。那盛况让人激动，也让人担心，那时我担任临汾市文物旅游外事局局长，肩上着安全的重担，人一多免不了提着心，害怕出点事端，连连嘱咐保卫人员：多操心，多多操心！

痴迷的人们却还在涌来，涌向戏台，也涌向神殿。这就是乡村庙会的风景。

这通俗的风景却诠释着古雅的文明——礼乐文化。在这庙里，在这庙会上，神殿或说神像便是礼，戏台或说剧场便是乐。礼乐是祭祀神灵，敬表诚意的完美结合。无乐，也就是无戏不成礼；无礼，也就是无神，似乎那红火的表演就失去了意义。《礼记》如此阐述礼乐：

大乐与天地同和，大礼与天地同节。……乐者，天地之和也；礼者，天地之序也。和故万物皆化，序故万物皆别。

可见，礼代表着秩序，乐代表着和谐。礼、乐合成的庙会不正是天下太平的写照嘛！

在太平盛世，人们渴望五谷丰登，渴望六畜兴旺，这种渴望是一种焦虑，焦虑会变成忧焚，忧焚会扰乱太平的日子。显然，渴望需要甘霖，需要滋润。也许这牛王庙是应时的滋润，是理想的甘霖。

牛王庙供奉的不只是牛王，还有马王和药王。供奉药王很好理解，老辈人常说，黄金有价，药料无价。药可以治百病，却又是极为昂贵的宝物。供奉药王无非是要确保平安，万一有个头疼脑热，也能药到病除，消灾祛病。至于牛王、马王嘛，那可能是当时小康人家的理想目标。几十年前，乡村里流行的口头语是：三十亩地一头牛，老婆孩子热炕头。这是典型的小农人家，也是当时理想的小康之家。而这小康目标的实现，那一头牛起着关键性的作用。牛是生产劳动的主力，有牛则三十亩地上禾谷茵茂，无牛则老婆孩子都得下地拉犁，不光炕头上没了欢歌笑语，恐怕下了死力还会误了农时节令，还免不了三十亩地里草盛苗豆稀。牛，是庄稼人的命根子。庄稼人在庙里敬一炷香，是要保住自己的命根子。这还只是就牛而言，若要是有马，马是腾飞的象征，那自家的光景就套了一挂马车，飞腾着日进斗金呢！

因而，年年这一台戏都要唱，唱给牛王、马王，也唱给药王，唱出自己的安乐光景。

那么，这王都是谁呢？先说药王吧，这好说，就是有名的神医扁鹊。扁鹊见齐桓侯的故事流传很广，《史记》也有记载。他去齐国作客，见了齐桓侯就说：您有病，病在肉里。桓侯不信，说无病。过了五日，扁鹊又见齐桓侯，说：您有病，病入血脉。桓侯仍不信。又过了五日，扁鹊见到齐桓侯，说：您有病，病入肠胃。桓侯很不高兴，扭头就走。再见齐桓侯时，扭头就走的不是桓侯而是扁鹊了。桓侯派人问其中的缘故，扁鹊说：病在皮肉、在血脉、在肠胃，我都能治，如今病入骨髓了，神仙也没有办法，何况我呢！不几日，齐桓侯病死，扁鹊名声大振，远扬天下。敬这样一位神医，不仅能治身上的病，还能去心病。

至于牛王和马王，正殿虽然供着两尊像，可据说本是一位神。传说宋真宗驾谒亳州大清宫，晚上歇息后，众马皆病，次日无法启程。村中长老献策：孤山有位神仙通圣郎君，祭之无不灵验。宋真宗纳言，祭祀并封通圣郎君为广禅侯。果然，马疾消退，矫健如前。之后，这广禅侯就被百姓敬为牛马王了。因而，牛王庙正殿悬有一匾：广禅侯殿。

从牛王庙和牛王庙那繁盛的庙会上，我理解了平民的心愿，用虔诚祭祀乞求丰衣足食，合家安康。

我来到霍山脚下的明应王庙，这里每年农历五月十八日的庙会，比起牛王庙庙会有过之而无不及。不仅现在如此，先前也很红火，元代延祐六年《重修明应殿之碑》记载了其时盛况：

远而城镇，近而村落，贵者以轮蹄，下者以杖履，挈妻子、舆老嬴至者，也很好，他老人家是位神仙，神仙行空，如风如云，高踞云端，更见清逸。三座庙建好了，只是往哪里填塞三座戏台呢？若是无台，如何唱戏？若是无戏，还算敬奉？

戏台的建设仍然是道难题。

这道难题的答案最见光彩。恕我见少识陋，就目前所及我还没有见过像板峪村这么巧妙的三面可唱戏的戏台。如果说，三面开口的戏台不少见，那是在元代，元代戏台多三面露明，均可看戏。但是，那是戏台初创之时，戏剧还是以表演为主的年头。而板峪村这戏台却大不同了，说三面开口，是说三面均可开口，平常只见一面有口。这口留在哪面，哪面便开台唱戏。每年农历三月十五日，吕洞宾高阁逢会，东面开台，欢歌笑语；五月十三日关老爷生日，南面开台，欢聚热闹；到了六七月间祈雨、谢雨，北面开台，欢天喜地。一座戏台奉迎三面神灵，哪面也得欢心，正可谓面面俱到。

靠实说，还差西面。西面原计划在沟对面建一所河神庙，不知缘何此事搁浅。倘若建起，那就成了四面台，称面面俱到就名副其实了。尽管西庙未建，这戏台也难见其二呀！

那日，赶到板峪时，天出奇地好，大太阳把山顶、沟底都照了个亮。我的筋骨也和那山顶、沟底享受着同一种待遇。我先往山顶上爬，一路上去，那戏台就在我的脚下，外形外姿被我看了个彻头彻尾。当然，两侧的古庙也跳不出我的眼神。这样一种布局，一个设置，再高明的建筑师见了也会称奇。到了山庙，庙已破烂，塌塌挂挂的房檐，蓬蓬乱杂的蒿草，不再给人以生机。可是，听沟里一语，如在耳边，就知道这戏台的奇妙不光在形姿、位置，还有着乐享天成音响的考虑。先前常听老人言说，唱戏要想效果好，不光把式要顶真，还要台子能收音。收音是为了放出去，广为传布。这山尖尖的庙里既然听下面的悄悄话如听耳语，当然唱戏的时候一定声扬山巅，坡沟共享。

忽生一疑，疑自庙碑。明明这庙里供奉着吕洞宾，却怎么是座噤师庙呢？吕洞宾何时被尊为嗓师？不仅当时心生疑问，就是后来查考资料也未消释疑虑。只怪中国历史太长，典籍资料如泱泱大海，需要的那粒珍珠确实不知在何处打捞。搞清嗓师庙，还是在网络普及后，我把这个纳闷的庙宇输送进去，不一会儿出现了搜索结果。唐朝科举取士，为保证考试不出纰漏，主考官任用聋哑二童监考。这聋哑二童即称嗓师。吕洞宾得道成仙，法术很大，手中的宝剑一断烦恼，二断色欲，三断贪嗔，还被世人奉为文曲星。久而久之，人们把他尊为无所不能的神仙。把他和嗓师联系起来，真有点奇怪，是山上多蛇，不时会有人被咬伤，弄得人战战兢兢。据说，有人在庙中烧香上山，再不受蛇伤害，于是把吕洞宾尊为监视毒蛇的法师，即嗓师。这有点牵强附会，不过，乡亲们不管牵不牵强，附不附会，只图实用。所以，嗓师庙一度十分红盛。

红盛到一九五三年，每逢农历三月十五庙会，四乡八村的人们都是跪拜而来，一步一作揖，三步一叩首。当时的乡干部认为这是迷信活动，上前阻止。人们不但不听，还把他推搡到一边。干部上报县府，县府认为确实是迷信活动，下令拆庙，还要抓起事的带头人治罪。最终妥协为：由带头人亲自拆庙，立功赎罪。据说，就这么扳掉了塑像。万幸的是，戏台没有受到牵连。

下山进庙，也走进戏台。身体立即陷入狭窄的缝间。两旁的厢房以及前后的庙台，遮天掩云，人也就渺小到极点。在这里除了敬神、看戏，还能看到什么，只能看到和自己一样的同类了。人是有局限的，人的局限来自天地万物，也来自人身同类，甚而来自本身。人跳脱万物的局限难，跳脱同类的局限也难，跳脱自身的局限则更难。我却从这小巧的戏台看到了各种跳脱，因而，一座戏台用局限创造了无限。

登上戏台，眼光开阔了许多，超越了房檐，望到了山峦。眼光的跳脱，敞朗了心胸。心胸却无端地憋闷，深感跳脱是相对的，局限是绝对的，如此建筑高手未能去更大的空间称雄，只遗留了一座让人早已淡忘的戏台，确实可胜既哉！争以酒肴香纸，聊答神惠。而渠资助乐艺牲币献礼，相与娱乐数日，极其厌饫，而后顾瞻恋恋犹忘归也。

又是一番令人眼花缭乱的盛景。城乡百姓即以酒肴香纸，又以乐艺献礼，聊答神惠。神是何神？神有何惠？

《寰宇记》说，自唐宗以来，其神（明应王）曰大郎。

大郎者，乃李冰。李冰仲子继承父业，治水修堰，完成都江堰工程，后人称之二郎。尊称其父为大郎。因而，这明应王庙敬的那位大郎就是李冰。

李冰是秦昭襄王时期的蜀郡太守。他初到成都平原，阔野无边，土地肥沃，却人烟稀少。即使有人也非常贫穷，种植的田地夹杂在茂密的草丛里。这么多土地为什么少有人开垦种植？李冰一打听才知道，岷江时常泛滥，淹没庄稼不说，淹没人畜也不少见。李冰打定主意要从岷江下手，除害兴利。变水患为水利，必须有正确的方略，李冰没有急于求成，而是沿江考察，摸清实情。他倾听民众的意见，记取往日的教训，吸收先前的经验，形成了中流筑堰，分隔江水，达到化害为利的目的。即把江水分为两股，一股分走多余的洪流，一股专门用来浇灌农田。

如今走近都江堰，可以看见宝瓶口，这是灌溉使用江水的入口，也是内江的开端。外江当然也就是分走洪水的那条河道。将岷江一分为二的是李冰带人筑起的堤堰，其形状有点像鱼头，人称鱼嘴。滔滔江水奔流到此，经过鱼嘴，自然分流，两股都不过量，再也不会泛滥成灾。不仅不会泛滥成灾，而且流入宝瓶口的内江，一生二，二生三，三生万物，渠道增多，良田增多，千里沃野，林茂粮丰。

都江堰将一个连年水患的贫瘠之地，变成了富庶的天府之国。两千多年来，无论朝代如何更替，都江堰始终如一发挥着防洪、灌溉的作用。蜀中人民缘此丰衣足食，安居乐业。至今灌区已达三十余县市、面积近千万亩，是全世界年代最久、唯一仍在使用的无坝引水工程。李冰为官一任，造福一方，被四川人尊为"川祖"。当然，堪称兴修水利的先师。

李冰既然是兴修水利的先师，那么，百姓敬奉的意思也就很明显了，都渴盼那一渠潺潺清流能浸润自家的田禾。田禾得浸润，自然长得苗壮，长得丰饶。禾谷丰饶了，光景便好过了。明应王庙及其庙会的盛景里又一次印证了百姓的心愿，用一渠清流滋润自己干渴的日月，干渴的光景。

两座戏台，一个用意，献演娱神，向神灵祈求起码的光景日月。

两座戏台，一个准则，务实，尊崇和事关自身命运的神灵。

从稷益庙到炎帝庙

走出明应王庙，我面对了一段触目惊心的往事。

触目惊心的往事就展示在庙门口，也可以说是明应王庙戏台的背后。戏台后有这么一景：

刚从霍山脚下喷涌出的清泉，聚为一渠，蹦跃而来，在庙后分为两渠，滔滔奔去。仔细看，会发现那两条渠一窄一宽。再仔细看，会发现两条渠首有一排铁柱。窄渠对着三根，而宽渠竟对着七根。这是何故？

铁柱上有座桥，桥上有廊坊，穿廊过桥，有一砖砌牌坊。牌坊两边砖雕着楹联：

水清水秀水成银涛

分七分三分隔铁柱

这楹联里凝结着一件悲壮的往事。

事情的起根发苗还是因了这滋润沃野的清流。清流滔滔滋润洪洞、赵城两县。两县都想多浇田园，屡因争水械斗，民多伤残。为解决争端，知府建起这铁柱栏杆，支起一锅，锅盛棉油。燃火沸油，扔进油锅十枚铜钱。然后宣布，两县派人捞钱，以钱得水。知府话音未落，有一彪形大汉蹦跳出来，挽袖出臂，伸进滚油锅里捞钱。柴多火旺，滚油冒烟，好汉炙肉作响，腥味四溢，仍咬牙摸捞，毫不缩手。此乃赵城好汉。待洪洞人捞取时仅余三枚铜钱，赵城好汉为那七分清流舍去了青春勃发的生命。

后来，这地方就添了一座庙：好汉庙。

后来，好汉庙同其他庙一样有了香火。

我敬佩父老乡众的侠义忠胆，肯为争水舍命的好汉建庙；也敬佩父老乡亲的眼光，他们没有为眼前的利益所迷惑，穿越混沌的茫乱一如既往地诚敬着明应王李冰，因为他才是兴水利民的智者，而不是争水利己的强者。

所以，好汉庙前永远永远缺少着一座戏台。

顺着这样的思路瞭望，远远的，远远的一缕情思在招呼着我。

顺着这样的情思追寻，远远的，远远的古旧渐渐进入视际。

那是个正午。在新绛城里吃过饭，我要去看稷益庙。当地人告诉我，稷益庙在稷王山下。稷王山在新绛南面、闻喜县西面。我立即想到，稷山县的得名始自稷王山。

而稷王山的得名肯定始于后稷。

后稷是比赵城县那位好汉和明应王李冰要遥远好多的人物。相传，他是帝尧时期的农官，姓姬名弃。姬弃的名字上留着险些被遗弃的痕迹。他的父亲是五帝之一的帝喾，母亲是贵为皇妃的姜嫄，他该贵为皇子。孰料他的出生太具神奇性了，就引起家人的不悦。据说，姜嫄出外游转，在一个湖边看见一个巨人的脚印，那脚印大得令人惊奇。姜嫄惊奇地踩了上去，要比试那脚印到底有多大。可是，就在踏上巨人脚印的一瞬间，浑身酥麻，她怀孕了。如此怀孕，不无怪异，孩子一出生就被弃之陋巷。他该结束这短短的生命了，不想马牛过往避而不践；他又被弃之林中，老虎见之相护；他再被弃之冰上，百鸟展翅捧举。他屡遭弃扔，大难不死，家人以为神灵庇护，不再嫌弃，抱回家去。《山西通志》载着：

稷王山下有蛇虎洞，相传后稷弃于此。

《史记》则记叙了后稷教民稼穑的故事：

弃为儿时，屹如巨人之志，其游戏好种树麻菽粟；及为成人，遂好耕农，相地之宜，宜谷者稼穑焉，民皆法则之。帝尧闻之，举弃为农师，天下得其利，有功。帝舜云：黎民始饥，而后稷播食百谷。封弃于邰，号云后稷。

据说，弃和帝尧还是一个父亲。只是帝尧的母亲是庆都，弃的母亲是姜嫄。帝尧统领天下，将颇有耕种技艺的兄弟封为农官，教民稼穑。农官名为后稷，弃也被称为后稷，他是周的始祖。

无疑，因有后稷，才有稷王山，也才有稷益庙。

稷益庙很好找，一路平坦，未几，车已开入阳王镇，庙便坐落在村落当中。稷益庙已很简练，说简练是因为不像整座庙的形制，只存正殿和一座古朴高雅的戏台，至少庙中还应有献殿吧。所幸，世事在删繁时没有删去庙殿，更没有删去我要看的戏台。戏台该是明代遗物，建造比元代繁杂了些，台口开阔了，也跳开了当初正方形的囹圄。只是，还没有过多的雕饰，这似乎是点缺憾，可这缺憾恰恰说明了它远在清代之前。若是比较，明代初年的戏台和清代的差异就在于简繁之间。简单的为明初，繁复的为清代。若从好看的视觉选取，无疑首推清代。倘要以文物价值而论，自然选取明初。这戏台的简与繁，颠覆了常规的价值观。

稷益庙很静，只有一位老人在收拾碎砖瓦砾。前天刚逢过庙会，这庙院还唱了一台大戏。戏是唱给庙神的，也就是后稷和伯益，当然也让村里的乡亲们过了一把戏瘾，尤其是那些年过半百的老人，真有些久旱逢甘霖之欣慰。

我向正殿深深注目，瞻仰后稷，也瞻仰伯益。伯益为何能与后稷供奉为一个庙宇？是因为他开挖了最早的水井。回望那个年代，天下出现过前所未有的大旱，《淮南子·本经训》中记载：

> 尧之时，十日并出，焦禾稼，杀草木。而民无所食。

如何排除大旱，神话故事十分有趣。十日都是东方天帝的宝贝儿子，住在旸谷大海中的扶桑树上，每天由一个宝贝上天值班，这就是一轮太阳。十日并出，就是十个宝贝儿子全都到天上游逛去了，这便炙烤得大地"焦禾稼，杀草木，而民无所食"。先民处在生死边缘，帝尧向上天祷告，天帝派后羿下凡治理。后羿劝说宝贝们回去，没一个听劝。后羿生怒，挽弓搭箭，一气射掉九个太阳，炽热解除，天下复归平静。

这只是神话，神话是想象，解决不了实际问题。真实情况是，面对大旱凡人发愁，圣人也发愁。凡人发愁是没办法，圣人发愁是想办法。帝尧从脚下生机勃勃的蚂蚁身上，发现了地下有水的奥秘，告诉众生开挖找水。众生响应，立即忙碌开来。在挖土找水的人群中，伯益是最聪明的，他没有在平地掘土，而是在狩猎的陷阱里加深，因而，他第一个挖出了水。因而，史书记载"伯益始穿井"，也有史书记载，"帝尧始穿井"。这都没有错，说"帝尧始穿井"，缘于他从蚂蚁身上判断出了地下有水；说"伯益始穿井"，是他亲自挖出了水。

当然，站在考古发现的角度看，这未必真实可靠。将近七千年前的河姆渡遗址已有水井出现，伯益和帝尧所在的时期，距今大致为四千三百余年。显然说"始穿井"有些夸张。不过，仔细一想，立即释怀了。那时就是那时，交通不便，没有媒体，文明传播十分缓慢。况且，南方水位高，河姆渡遗址的水井深不足两米，不像是北方成型的水井。可见，伯益"始穿井"的说法不无道理。我曾经以为，伯益是个传说人物，可是居然会在襄汾县北社村找到了伯益墓。看见伯益墓便明白北社村就是祭祀伯益而形成的神社。在村中一走，果然有一座体量宏阔的古代戏台。所以，在新绛县看到稷益庙祭祀伯益并不新奇。当然，若要是将伯益同后稷相比，后稷教民稼穑的声望更大。

那么，独尊稷王的庙宇在哪里？

我向上攀去。攀过一座山，望见平川了，下到川里，却还未到，又得向上攀去。攀行间，大路中断，一条深沟横在眼前。沟那边人闹机喧，正在填土抢修这洪水制造的隔断，可是那没有五月半载，恐怕难能如愿。而于我来说，远水不解近渴。我手脚并用，爬过沟去，爬上坡去，爬了好远，方进村里。村叫吴吕，顶在山尖。四面环望，一览无余，观景是个好地方。过日子可就难了，下山难，上山更难，山下比山上有吸引力，因而，后山的女子嫁前山，前山的女子嫁平川。吴吕在后山，一村就有三十多个三十岁以上的光棍汉。

吴吕很穷。

很穷的吴吕却有一座殿堂不小的稷王庙。庙已改了貌，北门变成了西门，庙场变成了学校，只有正殿仍高卧在台基上，戏台则痴对着正殿，诚敬着正殿。有人登台献演，它就将礼义捧送给对面，对面那位稷王神。我真感动，感动贫穷剥夺不了人们的信仰，贫穷荒芜不了人们的精神家园。

我跃上阶台，透过蛛网往殿里看时，不见塑像，莫非稷王神已经不在了？其实有和无并不重要，重要的是人们心中永远有他，永远有一位播植过文明的祖先。

站在这一览众山小的山巅，我想起了炎帝，也就是那位遍尝百草，初识五谷的神农氏。这当然源自世人对后稷的尊崇。教民稼穑尚如此受后人爱戴，那么，初识五谷、启始农耕的炎帝呢？

　　我离开了闻喜县阳颐镇吴吕村，翻越吕梁山，翻越中条山，钻入太行山中，向着神农尝百草的地方奔去。

　　车在路上飞驶。

　　我在车中飞驶。

　　北魏《风土记》有文：神农城在羊头山，其下有神农泉。

　　唐朝韦续《墨薮》有文：炎帝神农氏因上党羊头山始生嘉禾八穗，作八穗书，用颁行时令。

　　《后汉书·郡国志》有文：羊头山有神农城，山下有神农泉，南带太行，右有伞盖，即神尝谷之所也。

　　……

　　书卷中的神农向我飞来，我则向书卷中的神农飞去。炎帝神农的遗迹颇多，有陕西说，有湖南说，高平市也为一说，这一说到底有何可道可说的？

　　高平用地望和古物这么告诉我：

　　赫然耸立的是羊头山。羊头山上有神农城。神农城原名五谷畦。五谷畦是神农试种谷禾的田地。五谷畦边有放马场，放马场是神农驯养六畜的厩场。畦畔场边有神农泉，有炎帝陵，有炎帝庙。而且，庙有三座：上庙、中庙、下庙。上庙在庄里村，中庙在下台村，下庙在城东关。先前各庙均有戏台，如今只有中庙的戏台安然遗存。安然的容颜似在说明其初生在金代，虽历代重修，但体貌未改。

　　我在下台村留恋了好久。爬上高坡，置身于环周无垠的黄土地。这黄土地不只是黄，黄中透红，恰如神农刀耕火种后的遗留色泽。我不敢轻慢这片土地，这隆起的丘田沃地，哪一片没有播撒过先祖的汗种。那汗种伴随着刀耕的声响滴落，滴落出生命搏动的音韵。这音韵同那汗种一起生长，苗壮成了戏台上动听的歌喉，醉眼的表演。

　　我向那戏台窥视了好久，捕捉着庙会时献艺的盛景。村里人告诉我，祭拜时只凡人不行，还要仙人礼颂。漆黑的夜里，神仙下凡在戏台，玉皇大帝在前头引路，后面依从着八仙。每人手持一盏花灯，在台上旋绕成闪耀的风景。这风景直闪耀到炎帝正殿，九盏灯都悬挂在檐下殿前时，全场的人都会下跪敬拜。

敬拜将人类引出荒蛮的祖先。

从四圣宫到汤王庙

山西师范大学的冯俊杰教授告诉我，翼城县曹公村有座元代戏台。翼城县离我的出发地临汾城不远，此处非看不可的。

然而，我却走得很远。到翼城没有走直线，而是走了曲线。明白点说，有条路是弦，有条路是弧，无疑，弧远弦近。我却选择了弧。

弧上路好，路好车可以奔，快了像飞。

弦上路糟，路糟车只能颠，慢得像爬。

我从弧上飞了过去，飞绕到了晋东南，据说，还省了时间。路和车的近代变化，让距离和时间的等量关系发生了变化。这不只就我这样的人而言。要是在天上飞行，大大的地球必然变成小小寰球，不是地球村了吗？

这一路没有白饶。翻山越岭，到了沁水县城。再南行西去，虽不翻山越岭，却在绕山环岭。山路上车不算多，人不算少，时不时有大红大绿的男男女女闪过，是准备闹红火的。不日就要正月十五了，村村寨寨都在演练彩排。有忙着闹戏的，就有忙着看戏的。闹戏的和看戏的都要聚到一起去，一起聚到庙场里，路上人就多了。

山多，蓄寒，阴坡里年前落过的雪仍有残白，却被这熙熙攘攘的人流一惊乍，破了寒气，春温四起。

我满眼热烘烘的。

也就热烘烘思索那四圣宫里，该是哪四位圣人？

思索需要静寂，静寂方可连贯。可这路上的呼声、应声、笑声、锣声、钹声、鼓声，不时喧闹进我的思索。我没有想出何为四圣，只感觉出这晋东南的正月，要比我家乡晋南还红火。

走进四圣宫，想想路上费神的琢磨，不由得笑了。原来四圣宫里供奉的是尧、舜、禹、汤。不说四圣皆熟，起码有三圣是熟悉得不能再熟悉了。前些年，我主持临汾尧庙的修复工作，尧庙曾称三圣庙，庙中曾列三殿，即尧殿、舜殿、禹殿。我边修建庙殿，边研究古史，对尧、舜、禹时代的人文历史有了新层次的认识。至今我仍清楚地记得，尧定都古平阳，统领各部落和部落联盟，钦定历法，广凿水井，推进了农耕，用炎帝收获的种籽，播撒和养育出更多的生命。因而，众多的子民欢声拥戴尧为大王，将他所居的都邑奉为中央之国，而部落和部落联盟则成为簇拥在中央之国周围的地方小国。后来，帝尧住的那中央之国，也就是各地方小国当中的"国中之国"被称为中国。国家的雏形出现了，帝尧和他缔造的国家永远名垂青史，受人爱拥。反复斟酌他的功绩，我认为将他誉为民师帝范、文明始祖毫不过分。

帝尧到了晚年，没有将他的位置传给自己的儿子丹朱，却禅让给了舜。舜继承先贤的大业，仁爱万民，广播德辉，继续了五谷丰登、六畜兴旺的太平盛世。这盛世被人们称为尧天舜日，传颂于今。舜还是位大孝子，《百孝图》和《二十四孝》都尊他为天下第一孝，因而，我将他奉为德圣孝祖、贤臣明君。

至于禹，他是以治水英雄的面貌挺立于世的。而且，这位治水英雄还是治世豪杰。他接过舜禅让的国家大政，将之发扬光大，形成了完备的肌体。因而到了夏时，国家这华光四射的文明辉泽已经普照九州。我上学时读书，课本上就有大禹，大禹治水三过家门而不入，那是一种多么激动人心的精神境界。

尧、舜、禹是中华民族永远的精神丰碑，为之建庙，献艺歌唱，是天经地义的大事。然而，对于汤王，虽不陌生，总觉得和尧、舜、禹齐名，未免相形见绌。尧、舜、禹的创造建树，岂是后世可以比拟的？不过，既然先民已将其供奉于圣位，也不必宁去较真，自惹烦恼。

于是，我沉定心绪，仔细观瞻这圣庙。庙很破旧了，断墙残垣，比目皆是。可原来的骨架依然未变，用佝偻的肢体残喘诉说着悠久的往事。大门口有几根立柱，立柱上是露天的屋顶，屋顶已无法为立柱遮风避雨，而立柱仍然毫不退缩地支撑着。立柱的信念来源于柱础，柱础是坚实的化身，简单的镂刻说明它年岁的久远，是元代，是金代，似乎还要靠前，但自从落卧于立柱之下，它坚实的信念亘古不变。即使支撑的顶盖几次颓废，几次修复，它仍然稳坐如山。

在古庙中标新立异的是戏台。戏台还是原来的架构，却因为新瓦重新覆盖，颇有些鹤立鸡群的意味，俨然成为宫中的佼佼者。台前是块平地，地上留着残雪，雪上还摆着石垒木搭的条凳，那是看戏的座位。眼下宫院虽然冷寂，可唱戏时却拥有少见的热闹。听说，台上不仅唱大戏，还演绝活，是那种倒打花鼓的绝活。演出前，在台上横拉一条长带。演出时，有人双脚挂在带上，头朝下垂落。条带悠悠晃晃，人也岌岌可危，可这人不仅毫不害怕，而且舞动手中的鼓槌，花打身上的腰鼓。鼓槌飞快地点击，台下根本看不到击打何处，唯有咚咚的声音震惊观众的身心。若要捕捉手头的鼓点，唯一的办法就是，看那鼓槌上飘舞的彩带。那彩带常常让人眼花缭乱，缭乱出叫好的吼喊和哗啦啦的掌声。

在众生的亢奋中，四圣也就亢奋了？满意了？我想，是的。

退出四圣宫，不远处有个西闫村，听说村里也有座古戏台。既到村前，哪有不看之理。去了，果有戏台，戏台保存完好，几乎和四圣宫戏台没有两样。四圣宫是座元代戏台，而此台梁架上清楚写明为清代创建。清代的戏台构造已很富丽繁华了，简朴的建构似乎是一种反叛，至少也是对现实的逃遁。逃遁需要勇气，反叛更需要勇气。可是，置身于风浪当中有几人能够自持？

看过庙宇名称，更为佩服立木者的勇气。这是一座汤王庙，显然是对四圣宫的简略。简略了尧、舜、禹三圣而独尊汤王，这需要何种勇气？我隐隐感觉到这汤王非同一般，值得注目了。

登上析城山，跨进成汤庙，我开始敬崇汤王了。

成汤庙，也就是汤王庙，坐落在阳城市下交村。下交村在析城山的土垣上，成汤庙在土垣上的高崖上。俯首拾级，步步登高，开启那尘封的庙门时，心底滋生了少有的敬意。

进庙，正对着戏台的后背。转过去观看，前面与后背几乎相同，泥封的台口已没有了戏台的颜容。不过，稍为留意那隐匿的真姿便会显露出来。这是一座明代戏台。檐破瓦落，满地枯叶，荒败的景象在倾诉着高迈的寿龄。还有比之高迈的，拜殿的石柱上隐约着"大安二年"的字迹，透递出其是金代的遗物。我对这殿来了兴致，前后打量，左右端详，似乎这也是一座戏台，在有了那座高大宽敞的戏台后，才演变为拜殿了。拜殿和献殿一样，既可敬放礼品，也可拜祀献艺。看来，这本来就是一座金代戏台。可惜，岁月沧桑，它易貌了。

庙中有碑，有创建殿堂的碑，也有重修戏台的碑。大明嘉靖十五年碑记仍把戏台称为乐楼，铭文有句：

唯乐楼规模广大，年久风雨所摇，飞檐梁柱，倾颓殆尽。至我国正德五年庚午，里人原宗志、原应瑞、国学生原应轸等，会集社众曰："成汤，古圣帝也。乐楼荒废如此，与诸君完葺之如何？"众咸曰："诺。"于是鸠工萃材，各输资力，重修乐楼，一高二低，四转角并出厦三间，功成于正德十年乙亥。栋宇台榭，高大宏伟。金碧丹青之饰，焕然一新。

如今，风尘烟雨已剥去了金碧丹青之饰，唯有栋宇台榭还在追忆着昔时的高大宏伟，仅此，也让我看到了民众对汤王圣帝的诚挚崇敬。那么，汤王圣帝圣在哪里？

对此，《吕氏春秋》有载，《太平寰宇记》有载，南宋郑樵的《通志·三王记》记载得最为形象逼真：

（成汤）自伐桀之后，七年大旱，雒坼川竭，煎沙烂石。太史氏曰："当以人祷。"汤曰："请雨为民也，若以人祷，吾自当之。"乃斋戒，剪发断爪，素车白马，婴以白茅，身为牺牲，祷于桑林之社。持三尺鼎，祝诸山川，曰："勿以予一人之不敏，俾上帝鬼神伤民之命。"乃以六事自责曰："政不节与？民失职与？宫室崇与？妇谒盛与？苞苴行与？谗夫昌与？"言未讫，雨大作，方数千里。

汤王真是躬身为民的典范。为求甘霖，滋润谷禾，拯救苍生，自己斋戒不说，还要煎去头发，砍断手指；坐素车不说，还要驾白马拉车，车上用白茅缠绕。汤王将自己作为牺牲了，牺牲也就是祭品。这悲壮的诚挚恐怕是前无古人，后无来者吧！

汤王献身百姓，百姓铭记汤王。因而就有了这汤王庙，就有了这为汤王献艺歌唱的戏台。

戏台上那古老的音韵里，萦绕着民众对仁爱之君的厚爱。

从晋祠到则天圣母庙

二十世纪戏剧研究的重大成果是丰富了中国的戏剧史。

丰富的内容是，考证出了神庙剧场。也是养育戏剧成长的摇篮，而且这摇篮不比勾栏瓦舍的那摇篮逊色。甚至，比之更重要。

丰富这内容的多数是山西的神庙剧场。

山西众多的神庙剧场有着众多的敬神献艺，演剧赛会活动。晋祠的活动又是众多活动的代表。

晋祠的演剧赛会活动，几乎贯穿了一年的从头到尾，尤其以农历六七月间最为密集。此间活动所幸《晋祠志》有记，不妨摘录于下：

六月朔起至七月初五止，晋祠总渠甲暨四河各村甲致祭敷化水母于晋水之源。凡祭水神必兼祭圣母。祭之日，水镜台必演剧酬神。期间：

六月初八日，小站营、小站村、马圈屯、五府营、金胜村各渠甲演剧，合祭水母于晋水源。祭毕而宴于昊天神祠。

初九日，华塔、县民、南城角、杨家北头、罗城、董茹等村渠甲演剧，合祭水母于晋水源。祭毕而宴于昊天神祠。

初十日，古城营渠甲演剧，致祭水母于晋水源。祭毕而宴集于文昌宫五云亭。

上为北河上河，初八、初九、初十等日所演之剧，系华塔村都长张某写定，发知单转达古城、小站、罗城、董茹村、五府营，届时各带戏价交付。五日，晋祠镇、纸坊村，赤桥村渠甲合祭水母于晋水源，演剧凡三日。祭毕宴集于同乐亭。

七月二日，有司斋戒沐浴，躬至晋祠，致祭广惠显灵昭济沛泽，羽化圣母之神，于圣母殿神案陈设羊一、豚一，并祝帛行礼如仪，演剧赛会凡五日。

七月初四日，圣母出行。在城绅耆抬搁（俗名铁棍），抵晋祠恭迎圣母出行像（另塑一圣母像，置肩舆中）。是日在城人民备鼓乐旗伞栖神之楼，并搁十数抬。午刻齐集南关厢，西行经南城角村……恭奉圣母于龙王庙，安神毕礼乃散。

初五日，仍行抬搁，异神楼，游城内外。人民妇女填街塞巷以观之，官且行赏以劝。是日午刻，搁乃齐集于南关厢，先入南门传戒过巷，进署领赏（官赏搁上童男童女银牌，官眷则赏花彩）。遂出西门仍返入城，又出北门仍返入城。日落出东门，天既黑，搁上张灯，名曰灯搁……恭奉圣母于南关厢龙王庙。

十一日，古城营人民演剧赛会。前一日，由南关厢龙王庙恭迎圣母至该营之九龙庙（十七龙王随之而至），虔诚致祭。

十四日，古城营人民恭送圣母归晋祠。

一次演剧赛会，又一次演剧赛会，这么多的献艺酬神活动，到底为了什么？我们有必要再进入晋祠探究明白。

晋祠是晋国开国的祖祠，当然少不了唐叔祠。步入其中，会想起桐叶封弟的故事。被封的那位弟弟就是端坐正殿的唐叔虞。据《史记》记载：

武王去世后，年幼的成王继位，成王是叔虞的兄长。有一天，兄弟俩人在一起玩耍，成王捡一片桐树叶，剪成了"圭"的式样。圭是古代的一种玉器，长条形，两头圆弧样，是天子封赏诸侯的器物，也是古代贵族朝聘、祭祀、丧葬使用的礼器。成王把桐叶剪成的"圭"交给弟弟叔虞说：以此封若。也就是说，我拿这作为封你的信符。一旁的史官即把这话记载下来，随即请成王"择日立叔虞"。

成王说："吾与之戏耳！"是说我和他戏耍啊！

史官却严肃地说："天子无戏言！"

成王只好封叔虞于唐国。叔虞作了唐国国君，后改唐为晋，成了晋国的开国元祖。

晋祠创建唐叔祠理所当然。然而，唐叔祠并不在主要位置，祠中大戏台正对的是圣母殿。圣母殿供奉的是叔虞的母亲邑姜，这很好理解，母因子贵，也体现出后辈的孝敬之心。令人费解的是，为何将这位圣母当作水母娘娘祭祀？历朝历代，晋祠演剧赛会都是由渠长会首主办，也就是为了那一汪滋润千里沃野的清水。赛会期间，为水母唱戏，为水母歌舞，还要抬着水母周游各村。而水母也就是圣母，圣母也就是水母，都是叔虞的高堂老母。这真有些难以理清。

这理不清也便罢了，时日久远，人神难分，也就入乡随俗吧。可是，还有令人费解的事。就说我国历史上唯一的女皇武则天吧，她明明是位皇帝，却也被人供奉为水母娘娘了。

文水县南徐村是武则天的家乡。家乡为了纪念这位闻名于世的女皇，也就建了座武则天庙。清乾隆年间碑载：

庙貌之巍峨，形势之雅峻，山环水绕，卓卓乎诚可欣而可美也。至于宝殿之伟壮宏模，异秀奇巧，尤属可惊而可赏。

不进武则天庙，真不知道武则天这名字同帝尧还有密切的联系。《论语》有句："唯天为大，唯尧则之。"因而，女皇矢志效法尧帝，便以则天为名了。虽然，这位女皇在历史上颇多微词，但是，谁也无法否定她的历史功绩。她减税赋，劝农桑；开殿试，选人才，办了不少利国利民的好事。最有意思的是那个才高八斗的骆宾王写了一篇讨武的檄文，把她骂了个狗血喷头，武则天竟然还能从容阅读，反复欣赏，感慨地说："让这样的人才流为叛逆，是宰相用人的过失！"

无论怎么说，武则天都是中国历史上有作为的皇帝。作为武则天家乡的父老乡亲，当然为这块土地闪耀的时代光泽而骄傲，而自豪，后世为之建庙祭祀，献剧赛会，也是理所当然的。

遗憾的是，对于这样一位有作为的皇帝，历代天子出于对女人的偏见，竟然视为祸患，百般贬损。官方也就鹦鹉学舌，排斥责骂。这让武氏的父老乡亲大为恼火，却又不敢向官方发火；欲为武氏建庙立祠，又怕为自己招惹杀身祸事。

世事将文水人摆到了困境当中。

置之死地而后生。困境可以置人以死，也可以置人以生。优胜劣汰的法则不仅是人和自然关系的结晶，也是人和社会关系的结晶。处于困境中的文水人看到了一条清流。这清流出自南徐村边，人称泌水，也称文谷水。贞观年间，民间即凿渠引水，灌溉良田数百顷。或许正由于此水，该县才得名文水。而此时，无奈的乡亲却从那水声中获得了灵感。因而，则天女皇忽然间便成了则天水母。

这真是灵性之作，圆润之作。皇家可以罢祭女皇，官府可以禁祀女皇，然而，却不能阻止祭祀水母呀！则天女皇披着水母的外衣公然登殿，接受叩拜了。如今，走进武庙，殿宇宏大，用材精巧，仍可看出当年建造者的一片苦心。据说，先前殿门两侧有联：

回头一笑百媚生，
万国衣冠拜冕旒。

这"回头一笑百媚生"似有些轻佻之嫌，女皇就是女皇，不是杨玉环那样的风流娘娘，毕竟有着皇家的尊严。倒是"万国衣冠拜冕旒"，既活画了庙殿的森然威风，也展示了武则天当年的威风。

我感兴趣的不光是这庙，还有这庙中的戏台。戏台是三间宽大的山门舞楼。乍暖的舞楼上不乏空寂寂的冷落，可那墙体上却写照着喧闹闹的往事。壁上弯斜着七十一条墨记，一直从光绪延展到民国。先后来武则天庙献剧的有文水义厚堂、永梨园，祁县聚丽园、永盛园，介休六梨园，清徐荣梨园，多达三十四个戏班。剧目就更多了，有《满床笏》《金水桥》《恶虎村》《九龙杯》《告御状》，粗一数不下七十多个。

在这喧闹的风光中，我又一次想到了文水人的灵性和这灵性导引下的变通。变通是成功的，由则天庙到则天水母的变通，掩饰了自我的真容，也给皇帝官府留下了面子。或许，皇帝官府并非不知这种掩耳盗铃的手法，只是不去揭撕，给民众留下生路，也就给自己留下了余地。这也是糊涂，而且是聪明之后的糊涂。

糊涂宽容着变通。

因而，从古到今，变通广为流行。

从城隍庙到乔泽神庙

为寻访古代戏台，我一次次走进庙里，因为戏台多在庙里。

为寻访古代戏台，我一次次走进城隍庙，因为城隍庙在庙群里不算少数。

新绛县城有城隍庙，榆次城里有城隍庙，长治城里也有城隍庙。那晚，我赶到偏远的黎城，城内也有城隍庙。

黎城城隍庙也有戏台，是座山门戏楼，而且在山门戏台中颇有特色。戏台不在楼下，也不在楼上，而在楼前。楼前是一个较大的台基，台基上有较大的空间，献剧赛会都可在上头进行。下头是较大的广场，广场在丁字路口，便于聚集人，也便于疏散人，当然更便于人们观看。这戏台被行家称为倒座式戏台，我则以为这和现世的戏台已很接近。只是难为了庙中城隍，他不能端坐宝殿，纵目观览，必须走下神龛，走出庙殿，走到广众中间才能观看，如果按历来的说法该是与民同欢。

夜来难眠，就咀嚼这众多的城隍。

辞典上说，城是垒土筑起的高墙，隍是高墙边没有水的深壕——护城河。城隍放在一起有城市的意思，主要是指城市的保护神。

城市的保护神——城隍很早就有了，据说，六朝时就有祭祀城隍的记载，唐朝时城隍已经普及。不然，何以杜甫、韩愈笔下都会出现祭祀城隍的场景？而且，唐朝以后城隍非但没有减少，还有不断增多的趋势。及至到了明朝，城隍庙可能已到了乱花纷飞迷人眼的地步。因而，从佛寺中走进皇宫的天子朱元璋竟然有了一大举措：整顿城隍秩序。

整顿的过程是否遵循这样的程序：摸底、登记、归类、分析？时日久远无法查考，只知道其结果是：

敕封京城的城隍为帝；

开封、临濠、东和、平滁等城的城隍为王，官秩一品；

府城的城隍封号为"监察司民城隍威灵公"，官秩二品；

州城的城隍封号为"监察司民城隍灵佑侯"，官秩三品；

县城的城隍封号为"监察司民城隍显佑伯"，官秩四品。

而且降旨，全国的州、城、府、县都要建城隍庙。这样，明代各城市就有了两个衙门，一阴一阳，阳是官府衙门，阴是城隍庙。

城隍庙多，城隍需要量也多。生前有点名声的人不少当了城隍。我的乡亲霍光，曾任上海城隍庙的首任城隍。后来，不知缘何那庙换了城隍，而且一换再换，连换两任。最有趣的是，北京的城隍是文天祥。文天祥是抗元名将，宁死不屈，光照后世。只是，北京曾是元大都，倘若文天祥在阴间兴风作浪，那些早到了阴间的元代官员还能有安然日子？

城隍需求量这样大，光用名人可能不够，也就有了考试选拔城隍的说法。蒲松龄笔下曾写道：宋焘病中见有人牵马相迎，请他赴试。他抱病上马，入豪华官邸应试。主考官坐好了，都很陌生，唯一认识的是关帝圣君。参加考试的人不多，仅他和张生二人。考完后宋焘中试，要他赴河南某城就任城隍。宋焘想起家中老母无人奉养，如实告诉。一位帝王样的主考命人查其老母寿数，说是还有九年，当即决定，由张生代他赴任，待老母寿终后接任。宋焘醒了，还了阳。倘若这个宋焘贪官不孝，阳间也就没有他了！

如此说来，城隍都是有根有苗的人。可是，我进一庙，问多次，居然问不清一位城隍的姓名和身世。有一回，虽然没有弄清姓名，可得了这位城隍的根底。不问不知道，一问吓一跳，这位城隍可不得了，竟然是天下都城隍，而且早在东汉年间就独领风骚了。原来，这位城隍出身低贱，只是一座破落小庙的山神。好在山神很慈善，能怜悯落难之人。那日，来了一位逃犯，慌贼般闯进小庙，倒头就拜，要山神救命。山神看到后面追兵来了，逃犯眨眼间就有杀身之祸，顿生呵护之心。待那人钻进神龛背后，山神放出好多蜘蛛，匆忙吐丝，把庙门、庙内缠绕了个密实。追兵赶到庙门口一看，没人进庙，这不，蛛网密布，哪会进去？扬鞭催马向前赶去，只留下一路风尘。

逃犯得救了，恩谢过山神，匆匆离去。不意这人竟是刘秀，不意刘秀会登上帝位，不意登上帝位的刘秀还记得这位小山神，因而，小山神时来运转成为天下都城隍。立时，身价百倍，可以指点江山，左右阴魂了。

这天下都城隍庙在长治县南大掌村。

我去那天，天虽无雨，却阴得沉黑，弄得人郁郁寡欢。还没进庙，却郁闷消散，那高高的崖庙中飘来歌声，飞入耳中，平和柔温的音韵激悦身心，登台拾级的脚步也就快了好多。进庙一看，歌声从戏台飞起，山门戏台上欢舞着村妇乡汉。嘴张得大，声扬好远；身舞得欢，姿色多变。看得人不愿移步。歌舞一段，声敛人退，腾出目光环视身边，才发现观众寥寥，才知道这是排练。就要逢庙会，逢会时要昼夜会演，到那时这庙里自会人山人海，我哪能像今日拥有这么大的观赏空间？幸运了！

我很幸运，却觉得最幸运的是那位天下都城隍，他的乡亲真会拥戴他，真会尊崇他。若是照实来，哪会有天下都城隍？即使有，经朱天子一整顿还不整顿掉了？人家县城的城隍才官居四品，你这荒山野岭的城隍无品无位，居然要统领天下所有的城隍，岂不是阴阳两界的笑谈？但是，乡亲们就这么笑谈，谈久了，习惯了，众皆认同了，那高巍的山门上早就挂着天下都城隍的牌匾，没有见谁人去摘呀！

谁敢小觑民间的力量。

民间的力量又一次让我刮目相看了。我来到了翼城县武池村。武池村有座元代戏台，保存完好，修复一新。站在台前，顿觉气度非凡。高么？宽么？阔么？似乎都有些。果真，这是现存体量最大的元代戏台。

这元代戏台也在庙中，庙的名字很生：乔泽神庙。走北跑南，转了很大一圈，却头一回见到这样的庙。抑或是庙名以乔为冠的缘故吧，我兴致很浓，一心要搞清楚这乔泽神是何许人。庙已空旷，殿没了，廊没了，草虽很盛，也在寒冬里枯了。挺立的是西侧的石碑，碑石被荒草封锁着。从荒草中踩过，到了碑前，一一观看，看了半天，仅找出一句话：

晋栾将军讳宝生其傍，故以为姓。及栾将军讳成死晋哀侯之难，

小子侯寿其忠，以栾为祭田令，南梁、崔庄、涧峡立庙祀焉。

看来，这栾将军本是人，而且是当地成长起来的人，而且一定是当地出类拔萃的人物。我因之检索我所知道的晋国史。看过东周列国，看过春秋战国，对栾将军没有印象。唯恐记错，夜里重又翻阅，翻阅了一遍，没见，不

甘这么败北，又翻，翻到鸡鸣天晓，也没有收获。不敢死钻牛角了，换本《左传》一翻，嗨呀，在桓公三年有载："三年春，曲沃武公伐翼……夜获之，及栾共叔。"

文下还有注释：

获之：俘虏了晋哀侯。

栾共叔：名成，桓叔之傅栾宾之子，时为哀侯大夫。

丰满史书记载，要还原到晋国的曲沃、翼城争位时期。这场争位历经祖孙三代，长达六十七年。晋昭侯元年，即公元前七四五年，晋昭侯将他的叔父成师封于曲沃，位于今曲沃县西南五里的凤城村，史称曲沃桓叔。分封叔父成师没有错，错在封地过大。按周代规定，最大的诸侯国的都城不能超过周王国都城的三分之一，中等诸侯国不能超过国都的五分之一，小诸侯国不能超过国都的九分之一。晋昭侯封给叔父成师的地盘，却比自己的还大，这就种下了血腥祸根。

与晋昭侯相比，曲沃桓叔年过知天命，经验颇丰富，可以说是德高望重了。这样一位长辈怎么肯在侄儿的属下屈就，他悄悄谋划夺取帝位，取而代之。仅仅过了六年，晋国大臣潘父将晋昭侯杀死，公然迎纳曲沃桓叔继承侯位。桓叔喜不自禁，匆匆打点人马赴晋都翼城就位，没有料到的是晋国父老不服，纷纷起来抵抗。桓叔措手不及，败退回了曲沃。晋国人杀了潘父，拥立晋昭侯的儿子平为侯，这就是晋孝侯。

此后历史再没有给曲沃桓叔得势的机遇。晋孝侯八年，即公元前七三一年，曲沃桓叔抱憾去世。按说，这场争斗应该结束了吧？没有，而且在其后代中继续展开。最终武公将晋哀侯赶出晋都，逃跑途中马被树枝挂住，车子翻了，晋哀侯被俘虏了。曲沃武公占据了优势，又杀了晋哀侯拥立的晋潘侯，稳坐都城,号令晋国。后来得到周天子承认,曲沃武公成为晋武公。经过几代人的厮杀,曲沃终归取代翼城。

是非曲直已如云烟消散在历史中,让人们唯一记得的是宁死不屈的栾共叔。栾共叔名叫栾成,父亲栾宾辅佐曲沃桓叔,他则在晋都辅佐晋哀侯。晋哀侯被俘,曲沃武公劝他投降,还要封他为上卿共同执掌晋国,然而,遭到了栾成的拒绝。他大义凛然地说:"民生于三,掌之如一。"民生有三,就是"父生之,师教之,君食之"。没有父母不得生,没有师傅无人教,没有君长没有衣食。我待他们要始终如一,一臣不事二主,我不会背叛我的君王。说罢,栾成与曲沃将士继续搏杀,最终战死。

对于一部中国历史来说,对于春秋战国史来说,栾成是个微不足道的人物,晋哀侯也没有什么惊天动地的业绩,忠心事主的栾成当然也不足挂齿。然而,故里的父老乡亲却永远铭记着他,祭祀着他,继往开来一代一代地尊崇他,真将这位凡人推拥上了神位,成了乔泽神。

时在宋代。因为兴修水利的事情,县令李邑"以神之响应,并下流争水之事闻于外台",奏报宋徽宗皇帝。六月六日旨下,敕封栾将军为"乔泽神"。宋徽宗御笔亲封,栾成将军由人为神了。历史上多少声名显赫的大将军、大司马、大元帅,无缘成神,而名难见经传的小小栾成竟然成神了,那些大人物闻之肯定会愤愤不平,大骂宋徽宗有眼无珠。其实,怨怪不得宋徽宗,你那乡里乡亲根本没人把你当回事,没人向上禀报,怎么能获得允准?

乔泽神庙同那个天下都城隍给了我同一个启迪:

民间力大无穷,可以造神!

而且,可以娱神。我的思绪在敲击中飞驰,似乎听见了遥远的歌声,那是从天下都城隍庙戏台上飞出的,也是从乔泽神庙戏台上飞出的,歌声蓬勃大气——

那是民众的乐趣！

从岱王庙到玉皇庙

翼城县中贺水村戏台最是好找。

还没有进村，就听见了铿锵有力的锣鼓声。锣鼓声有疏有密，疏时如雨打残荷，密时如雨打芭蕉。听这声音犹如读李白的诗，疏时像遥看瀑布挂前川，飞流直下声隐然；密时像黄河之水天上来，奔流到海不复回。锣鼓疏一阵，密一阵；又疏一阵，又密一阵；再疏一阵，突然就密出了个万马奔腾，江河咆哮，像春雷波动着正月的原野。波动着，地皮在动，树枝在摇，连刚刚探头生绿的麦苗也兴奋地抖动，正抖动得欢势，近处无声了，远处没声了，静了个天高地阔。

忽一时，传来了柔美的弦乐，弦乐中还有一波三折的吟唱，是唱蒲剧哩！

追着声韵前去，就到了中贺水戏台院里。

台上好忙活。唱的唱，扭的扭，舞的舞，耍的耍。唱的是正月里闹新春，村里村外人成群，成群结队闹红火，红火热闹献给神。因而，扭的、舞的、耍的都为神忙活开来。扭的，扭弯着腰；舞的，舞动着绸；耍的，则挽起袖子耍绣球，引逗得彩狮上桌下桌不停地蹦。活脱出一场红火戏。

那戏台不算小，也被挤闹得变小了。

这是座啥庙？献剧演艺是为啥神唱戏？

在剧场里一转，转到了正殿，明白了，这是座岱王庙。

岱王庙，其实就是东岳庙，也有叫泰岱庙、泰山庙的。这红火热闹的戏原来是唱给泰山神的。泰山神好大的面子，好大的福气。

泰山神的面子和福气所以大，是得了皇帝的威力。

或许是泰山因其高拔而得五岳至尊，历代皇帝总把平治天下的殊荣与之缕联一体。最有影响的是在泰山封禅。封是登泰山筑坛祭天，禅是下泰山筑坛祭地。一位帝王，只有举行了封禅大典，才算是真正受命的天子，才有资格代表上天，统领尘世人间。

如此说来，中国历史上称得天子的皇帝没有几位。战国时，齐桓公要当天子，准备封禅，劲头憋足了，鼓圆了，宰相管仲却说，封禅要有十五种不召自来的祥瑞，嘉禾生、麒麟至、凤凰来，还要有东海的比目鱼，西海的比翼鸟……听得齐桓公泄气了，不干了。

从《文献通考》看，历史上第一位登泰山封禅的是秦始皇。他登上皇位的第三年，修车道，乘御辇，直达顶峰。先在山巅封，又在山麓禅，成了开天辟地的真命天子。因而，立巨碑，歌功德，意在千秋治世。可惜，只十年，天下便变易了。

第二位登泰山封禅的应是汉武帝。公元前一一○年，汉武帝统军十余万，北巡朔方，扬威塞外，西祭黄陵，东登泰山，上封下禅，祭天祀地，也成了名副其实的天子。

还有，还有宋真宗赵恒，也到泰山封禅。而且，为了准备这盛大的典礼，头前就改年号为大中祥符。

经过皇帝这么一闹腾，泰山名扬九州，身价倍增，泰山神也得地利之便，被皇帝屡屡加封。唐玄宗封之天齐王，宋真宗封为东岳天齐仁圣帝，元世祖又封为东岳天齐大生仁皇帝。因而，在宋代便有东岳大帝之称了。我想知道东岳大帝的姓名就往典籍中探寻。

《博物志》说东岳大帝是天帝的孙子，"主召魂，东方万物始成，故知人生命之长短"。

《神仙传》说东岳大帝是玉皇大帝与王母娘娘小女儿太真夫人的第三个儿子，是天帝之外孙。他在天宫本是大神，因贪玩误了宫务，罚他到人间主管鬼神。真没想到在人间耀武扬威的神仙，竟是天宫的罪臣。人间好悲哀！

是《封神演义》赋予东岳大帝真姓真名，姜子牙封黄飞虎为泰山神了。

翻来看去，这泰山神，这东岳大帝，就是这么七拼八凑合成的。可是，就这么个神，到处有庙，或泰岱庙，或东岳庙，或岱王庙，还有称天齐庙的，都是他的行宫。他真幸运，享受着人间的顶礼膜拜。在中贺水村，人们把那么动人的鼓乐，把那么迷人的歌舞，献给他老人家，他老人家自然快快乐乐。

告别东岳大帝，我想去看看玉皇大帝。孙子过得这么逍遥快活，他一定更上层楼，胜过几筹。我追寻到了新绛县。

出新绛城往北，是满眼茵绿的麦田。麦田间的沥青路，经阳光一照，成了一条泛白的银带。车开快了像是在银带上飘飞。飘飞着，飘飞着，路往东一弯，到了沟边。沟边有个村庄，名叫乔沟头。

乔沟头就有座玉皇庙。

车在田路上飞行着，远远看见村边有座破旧的宅院，冲着那宅院觅去，就进了玉皇庙里。哪里还看得出什么庙呀，只是有几座残缺的房子。像模像样的是戏台，竟然有两座。东一座，西一座，被山门和山门里的甬道分列开来。看形体，不是元代，也是仿照元代的模样而建造。两座戏台前都有宽敞的场地。遥想当年，逢会演剧，何等热闹，何等气派！玉皇大帝光彩体面，神威远播，真正是上界主宰，天国领袖。

不过，若是盘根问底，也会扫掉玉皇大帝的威风体面。

从《山海经》揣度，尧时期天上十日并出，弄得土焦禾枯，遍地疾苦。尧命后羿射日，除去九日，只留一日，天下方太平。据说，这十个太阳是东方大帝的儿子，天帝乃帝俊。这么看来，帝俊应是玉皇大帝。

而《酉阳杂俎》中却说，玉皇大帝本是刘翁，看见下界张坚放荡不羁，无所拘忌，就想捉回天庭问罪。刘翁下界，张坚盛酒款待，他贪杯痛饮，醉如烂泥，结果张坚偷了他的天车，乘了他的白龙，登天入宫，坐在了玉皇大帝的宝座。从此,真正的玉皇大帝流落天外,而窃取高位的假玉皇大帝却耀武扬威。怎么百姓子民百倍敬仰的神界天宫,也有同尘世一样龌龊的事情?若要是众生得知,还有歌唱、舞蹈的心情吗?

怪不得乔沟头这玉皇庙荒落了。

荒落的玉皇庙成了猪场。我进门时,一头黑猪正在当院拱土,拱得十分投入。一层又一层黑泥被猪一拱一拱离了地面,虚浮成堆,如一道小小的堤坝,环绕开去,像是一围城墙。没人命令,没人训斥,也没人监视,凭了猪的自觉性竟干出这么大的成绩。可见,人们好拱猪,一拱一个深夜,正是得了猪的敬业精神。

这是一头母猪。母猪儿女不少,还很小,胆却不小,已结队在庙里游逛开来。不一时,闯进了鸡群。红公鸡正领着数只白母鸡戏耍,公鸡追,母鸡叫,像是在跳圆舞似的。鸡兴正浓,猪崽摇头晃脑撒散开去,占了它们的领地。很扫兴!公鸡张翅一飞,飞到了庙外,母鸡扑沓沓撵了过去。

一幅农家禽畜画,很是生动。

这生动却写照了玉皇庙的颓废。庙的颓废,令戏台也颓废了。不知何时,台口垒了墙,是当了存放旧物的库房,还是做了加工饲养的车间?虽未搞清,却明白这戏台很久已与戏无缘了。

此话有谬,只能说不唱戏了,而在其上还可以凭眺昔日的光彩,从昔日的光彩中还可以感知梨园旧事。这古戏台还有着非同寻常的价值。

尊敬而勤劳的猪,嘴下留情,千万别向两面拱,拱塌了古老的戏台。

从池神庙到九天圣母庙

到了运城市,听说盐池有庙,奔去,果然有,顿生感慨。

这庙真是无地没有。

这戏台真是无庙没有。

先说这庙无地没有。运城原是个小村庄，名为潞村。只因有个大盐池，来往运盐的车辆人马络绎不绝，依路驻扎，村落日渐庞大，成镇，成市，又因运盐而膨胀为城，所以名为运城。运城盐池历史悠久，可追溯到上古的时候，据说黄帝和蚩尤大战，便是来争夺盐池。盐池利民富国，历代皇帝都注目视之，敬之如神。越敬越神，盐池居然成了神。唐代宗大历十二年，即公元七七七年封盐池神为灵庆公；宋徽宗崇宁四年，公元一一〇八年又封为普济公；明万历十七年，公元一五九八年加封为灵佑神。这盐池神几乎代代加封，声誉屡增。

再说这戏台无庙没有。到池神庙一看就可知道，既然此处有庙，一定会有戏台，而且是一溜排开的三座联体的大戏台。试想，三个戏班同时登场，鼓乐齐奏，伶人同演，那该是怎样的声势？怎样的气魄？思思想想，惹人心痒，痒着想看，可惜时光如流水，东去不复归，昔日的戏景无缘亲睹。

好在，庙中碑石颇多。碑石之上，文字颇多，读来让人如临其境。有《海光楼赋》一碑，碑刻有句：

士女集而祈游兮，鱼龙角抵之跄跄。

妙哉，此不正是池神庙社火百戏表演的写照么？

鱼龙，不就是当代仍流行的舞龙表演么！汉代称鱼龙曼衍。颜师古注曰：曼衍者，即张衡《西京赋》所云"巨兽万寻，是为曼衍"者也。"鱼龙者，为舍利之兽，先戏于庭极；毕，乃入殿前激水，化成比目鱼，跳跃漱水，作雾障日；毕，化成黄龙八丈，击水敖戏于庭，炫耀日光。"

这情景比今日舞龙的盛况有过之而无不及。

角抵，不就是当代的摔跤比赛嘛！只是，昔时意指广泛。《文献通考·乐考二十》载：角抵戏本六国时所造……角者，角其技也。两两相当，角其技艺射御也，盖杂技之总称云。

无论是鱼龙曼衍，无论是角抵技艺，均随着时日不断变迁，东汉时总称为戏，南北朝统称散乐。散乐又演进为元杂剧。《海光楼赋》的作者借鱼龙角抵的词语，描绘池神庙戏剧的繁盛场景，不愧为点睛妙笔。我在池神庙反观了盐池的胜景，也反观了戏剧的繁荣。

如果要反观戏剧的繁荣，那还有一个好地方，平顺县东河村九天圣母庙。

应该说对于九天圣母并不生疏。在《水浒传》中，她两次出现。一次是宋江上梁山后回家接老父，被官兵发现追赶，慌忙逃入玄女庙。玄女显灵，吹一阵风，飞沙走石，罩下墨云，吓退官兵，救了宋江不说，还派二位青衣仙女授他三卷天书。第二次是宋江归顺朝廷，奉命征辽，久攻不克，玄女传授破阵兵法。施耐庵写九天玄女出场时（《水浒传》第四十二回），好好将她装扮了一番：头绾九龙飞凤髻，身穿金缕绛绡衣。蓝田玉带曳长裙，白玉圭璋擎彩袖。脸如莲萼，天然眉目映云环。唇似樱桃，自在规模端雪体。正大仙容描不就，威严形象画难成。

未去平顺时，根本不知道这玄女就是九天圣母。曾经考证过，传说玄女原是一只鸟的形象，生了契，契建立了商朝。所以，她也是商人的始祖。据冯俊杰先生《山西神庙剧场考》所载，唐朝武则天将玄女封为先天太后。宋真宗又封她为元天大圣后，而且，还举行了声势浩大的册封大典。这样玄女就荣膺九天圣母了。

也许玄女喜欢看戏，九天圣母庙在北宋便建有戏台。后来，又数次重修，到现在戏台仍然保护完好，巍然高耸。不光戏台完好，庙内碑石林立，有关戏事的就多达十五尊之多。就看一通碑吧，碑的正面刻有"命良工再修北殿，创起舞楼并东廊"等字样。碑石背面有三处提到"舞楼"："元符三年庚辰岁十二月癸巳朔二十二日乙卯刻字毕，修舞楼老人苗庆、刘吉、秦灵"，"重修圣母之庙，创起舞楼，行廊共五十间"，"修舞楼维那一十五人"。由以上记载的时间推算，这座舞楼建于公元一一〇〇年，当在宋真宗时期。

草草过目，却发现这庙里戏事盛况罕见：一是每年春祈秋报要演戏，春天祈请圣母保佑，秋天要还愿报恩，都离不开戏；二是圣母诞辰日要演戏，每年自六月十九日起要献戏三天；三是给庙中其他配神献戏，比如六月二十四日要为关老爷献艺唱戏；四是神像开光要唱戏，每每修庙，免不了重塑神身，塑完开光是大事，当然也要唱戏；五是庙里禁赌，违者罚戏。乾隆三十八年《重修九天圣母庙碑记》明确规定：合社公议，庙内永不许赌博，不遵命者罚戏三日。这真有趣，既惩罚了赌徒，又为庙会筹集了戏资。

如此频繁的戏事，演出是否草率？回答是否定的。《舞楼赋》碑文有观剧的感受：

镜花水月，即是而求幻镜奇观，当前可睹。匾悬"阳春白雪"，常唱《阳春白雪》之词；牌挂《广寒清虚》，恍游广寒清虚。梨园之子弟，尽态极妍，披优孟之衣冠，式歌且慢。

戏台上唱尽阳春白雪，妙不可言。同时，也有下里巴人。此地最盛的是四景车会。集中数挂车，装上四季景色，从庙中出发，周游各村，又归至大庙，这不是最早的彩车吗？碑上有诗记唱：

四景神车不记年，

八村五社会流转。

赛期例卜三春暮，

宴酒先尝二月天。

廿四马楼排列后，

几重社鼓列当年。

车下南北西轮转，

崇奉丹宵太乙天。

九天圣母庙？

在庙中前后观赏，我忽然有了问号，这是庙也是乡亲们的乐园，更是一座乡村大剧场。实事求是说，牌匾应是：

九天圣母大剧场。

在这大剧场里，九天圣母有多欢乐不得而知，民众的欢乐却显而易见。

从娘子关到碛口镇

从娘子关到碛口镇，跑遍了山西的东端和西头，没想到这两头还都有古戏台。

娘子关在崇山峻岭间，碛口也在崇山峻岭间。路远，山险，给前往增添了困难，却也设置了情趣。

娘子关我是熟识好久了。这关位于山西的东大门阳泉市，以往每回坐火车进京是必经之路。当车上响起已达娘子关的声音，就觉得快到京都的门边，自然心生一缕欣喜。回来时过娘子关心里更欣喜，月是故乡明的诗意早就萦绕在前方的天空，并映照着山川田园。

后来，和娘子关一下亲近了好多，没想到这古老的关隘会和自己的家乡有了瓜葛。瓜葛始于唐朝，或者说始于隋末。那一年，李渊带着家眷从长安出来，回太原去。经过永福寺，因窦夫人分娩暂且住下。是晚，一月当空，片云不染，远山隐隐，野村蒙蒙，遥犬轻吠，寺中更为寂悄。李渊闲得寂寥，出来散步，听得树林对过有吟诵诗书之声，不由得纵步前去。这不去还罢，一去却见了个英俊男儿，也就给自己的女儿找了个称心郎君。

这英俊男儿名叫柴绍。柴绍是礼部柴慎的公子，故地为临汾县，正是我的乡亲。李渊有意将女儿嫁给柴绍，这女儿就是后来的平阳公主，她在家中因排行第三，又称三娘，是女中豪杰，见过柴绍，相貌如意，却还要和他比试一下武艺。

也是个月夜，三娘带一队女娘迎面站定，令旗一招，女娘们一字排开。

柴绍看了道：这是长蛇阵。

话音刚落，三娘令旗一挥，女娘们四方兜转，变为五堆，每堆四人，持刀相背而立。

柴绍道：这是五花阵。

有女说：公子可否破得此阵？

柴绍挥刀入阵，与女娘们厮杀开来。月光刀光，闪闪晃晃，你来我往，英姿尽展。三娘暗服公子武艺过人，柴绍也叹服三娘巾帼英杰。又比一阵，胜负难分，柴绍出围，与三娘言和。

月下，威武男儿与巾帼女杰结成美好姻缘。

婚后，李渊从太原起兵反隋，柴绍悄悄离开长安，赶赴太原，当上兵马总管，立下汗马功劳。柴绍离别长安时，百般牵挂，想带着娇妻一同走，又怕风声过大，引起注意，不仅走不成，还弄出杀身祸端。一个刚烈男子，此时百爪挠心，犹疑不决。倒是三娘毫不迟疑，果断催他一人快走，言道，自己一个妇道人家，不会那么显眼。柴绍潜出长安不几日，三娘也悄然出城，回到户（鄠）县的柴家庄园。闻知庄稼歉收，民众饥饿，她便开仓放粮，救济广众。之后，便以护寨守院为名招募了一批兵丁，组成一支队伍。她还嫌队伍弱小，又前往山中，说服匪寇，组成了一支义军。李渊率兵南下，打过黄河，即命柴绍去迎接三娘。此时，三娘带着义军，攻下户县，占领周至，进而沿渭河西进，又拿下了武功、始平等县。短短四个月，三娘麾下就有了七万人的大军，号称娘子军。而那时她才十八岁呀！柴绍见了爱妻几乎难以认出来了，昔日美娇娘，如今成了女将军。

之后，李渊夺得天下，建立唐朝，因为临汾古称平阳，三娘成为平阳公主。平阳公主率领娘子军奔赴阳泉镇守苇泽关，军功赫赫，声名远扬。

苇泽关便易名为娘子关。

因而，这娘子关成了我心中的一座丰碑。

到娘子关寻访古代戏台这天，天阴沉沉的，像是要下雨，却没有落下个把零星的雨点点。这好像一个深含悲情的人，想哭，想大声倾诉，宁忍住了，心里却泪潮澎湃。这样的气氛登娘子关很是适宜，这位巾帼豪杰不幸英年早逝，让父亲李渊和兄弟李世民大为悲痛，柴绍的悲痛更是难以形容，因而举办了隆重的葬礼。葬礼再重也减缓不了心中的伤痛。我这个远道前来凭吊的乡亲也怀着这阴郁的心情。

沉甸甸上关，心沉甸甸的，步子也沉甸甸的。脚下的石铺关道向上攀展，攀展得很是沉实。沉实的关道经历了炽日的照射，厉风的撕磨，淫雨的侵蚀，浊流的荡涤，仍然很沉实。只是沉实的肌肤上，留下了岁月的痕迹，斑斑点点，坑坑洼洼，酷似刚刚抖铺开来的历史画卷。在沧桑的历史中探询，狼烟烽火，刀光剑影，不时扑面而来，那当中有着血雨腥风，有着冤魂悲鸣，因而，我的脚步同身心一样沉甸甸的。

娘子关很为凝重。身躯挺直与群峰对峙，不见丝毫怯意。胸腹有不少疤痕，是箭伤，是弹洞，很难辨识，但无论哪种鳞伤，也没有损折坚实的信念。让人想起一句话，撼山易，撼岳家军难。我则以为应是撼山易，撼娘子军难，也就撼娘子关难。

上到关楼，见到了平阳公主，见到了三娘。她端坐正殿，耳聪目明，警惕着风吹草动，时刻准备抖动军旗，奋战克敌。她太累了，需要个轻松的间歇，于是，建起戏台，一座侧对着她的戏台。她的目光从大殿出来，正好看见戏台上的鏖战，密集的鼓点，加快了拼杀的节奏，血脉也随着那节奏鼓涌。抑或，人们不想让她的血脉鼓荡，演一场儿女情长，拉开幕便是花前月下，便是莺声燕语，不知征战南北的女娘，可否能消受得了这般的似水柔情？女娘无语。

我忽然觉得，脉流的滞止就是生命的终结，生命的终结也就是思想和情绪的终止，后人猜度奉迎出来的礼仪，再也难以让静止的生命鲜活。鲜活的生命多么值得珍惜，珍惜的办法就是使之显示活力。

我于是穿过太行，钻入吕梁，向碛口挺进。

翻过一座山，眼前还是山；爬过一道岭，脚下还是岭，高高低低的峰峦一律裸露着自己的坦诚。坦诚出一望无际而又突兀峥嵘的黄土地。有那么一刻，我听到了心魂的惊叫，惊叫这黄土地的壮美。对于黄土地我早已不陌生了，可以说是司空见惯。但是，心魂居然还是惊叫出来。我眼前的黄土地棱边分明，阴则褐暗，明则亮敞。褐暗和亮敞加剧了反衬，黄土地放射出画家强化出的色彩效应。我激动了，真想跳下车去，叩拜这时光和历史的巨作。

这亮点激扬着我的精神，穿山越岭兴致盎然。我不敢忽略每一道梁，也不敢忽略每一面坡，唯恐错过大自然坦荡奉献的千古画卷。

突然间，山秀了，路阔了，行没多时，眼前已横出一条金光粼粼的大河。这就是黄河。黄河在骄阳的朗照下光彩四射，蜿蜒前行，像是一条活蹦乱跳的金龙。金龙闪耀跳过，留下一片古旧的屋舍。

——碛口到了。

临县碛口镇就坐落在黄河岸边。从东边上船到对岸下船，就踏上了陕西的土地。当年，走西口的人们从那破旧的木船上一代一代过去，也一代一代的回来。碛口，承载过多少走西口的欢势生命呀！碛口又让多少欢势的生命喷放出罕见的活力。

那是碛口青春蓬勃的岁月。

我走在村里。房子依山而建，巷道顺山延展，村子也就自然成高低错落的样貌，很有点山城的意味，只是小了些，静了些。村巷里有打坐的人，人和村子一样有些古旧。古旧的人说古旧的话，古旧的话里是古旧的事，那事里蓬蓬勃勃，纷纷攘攘，让眼前这大宅子、老院子也红盛了好多。似乎可以看见粮行里的人进进出出，商行里的人吵吵嚷嚷，当铺里的人商商量量，只有一个地方静悄悄的，那就是客店。劳作的身体困了，头脑也困了，一挨枕头便悄然入睡，进入了一个情趣美妙的世界。在那里拜见高迈的双亲，在那里相依离别的婆娘，在那里约会想念的情妹……梦，好让人过瘾的梦。

还有个过瘾的去处，在云天边的崖角上。那里有一座戏台，台上有比梦还美妙的世界。走进那个世界，困乏的身肢可以安安然然停息，疲累的头脑可以静静悄悄休歇，干渴的灵魂可以痛痛快快饮一大碗甘霖，枯黄的情感则如同扑进颠簸激浪的黄河，淋漓尽致地畅游一回，游他个浑身醉美。

碛口戏台，滋润了多少鲜活的生命。

我在河边驻足，一声悠长的音响缭绕进我的耳中。这声响如同脸前的黄河，平和中含蓄着跳荡，跳荡中延展出绵长。绵长的黄河，粼光闪闪地来了去了，这悠长的声音也跳跳荡荡地响起落下。对面那山上有羊唱起，有鸡鸣起，有狗吠起，分明都是在应和这音韵。这是唢呐声，这是从那戏台上发出的声音，连河对岸陕西那边的山上也有了性灵的回应。我要见见这声音！我急步奔上了高崖，登上了古戏台。古戏台只给了我空寥，只给了我杳静，我却陶醉了。

戏台坐落在大庙。庙是黑龙庙，神是黑龙神。龙王是管水的神灵，黑龙亦然。想那黄河的风波里定是潜藏着这神灵，神灵的一个激灵，一个翻跳，都可能是一个巨浪，一个狂澜。而那巨浪狂澜中的小船和小船上的生命，都可能化为水沫，随水漂流。于是，一茬一茬走西口的汉子用自己的腰包堆垒了这神，又堆垒了这戏台，用醉人的戏剧去醉神，让神欢悦些再欢悦些，安宁些再安宁些，平和些再平和些。在黑龙神安宁平和里黄河也就平和安宁，把一茬一茬的希望渡到对岸，又把一茬一茬的收获渡回此岸。

黑龙庙寄托了多少人的理想，古戏台寄托了多少人的企盼。

如今，时光将碛口的繁华送远了，碛口冷落了。

无法摆脱冷落的碛口，也无法让黑龙庙红盛了。

小院回廊春寂寂。这是黑龙庙的写照，也是黑龙庙古戏台写照，同样，也是山西众多神庙戏台的写照。

然而，冷落的神庙和庙里的戏台却仍然不乏生命的活力。因为，它们收藏的世事，已成为不可多得的历史，那历史中喷发着罕见的生命活力。

不时会有人来追寻、感受这生命的活力，当代人喜欢称道这是旅游，旅游的热潮到来，这黑龙神庙和黑龙庙里的戏台也就会消散静寂，获得永生。

小　煞

遍访古戏台，我多次走进庙宇。回味所见到的神灵，似乎看到的不是神灵，而是古人心灵的外化和传真。外化的是上千年来古人的精神世界，传承的是上千年来古人的精神信仰，统要概括这种精神信仰，可以用四个字表述：春祈秋报。

春祈，就是在草色遥看近却无的大好时光，在春种一粒粟的大好时光，祈求五谷丰登，祈求六畜兴旺。而要让希望变成现实，在农耕文明时期离不开风调雨顺。说穿了，风调雨顺是上天的眷顾，也是五谷丰登的基本条件，更是先民天随人愿的美好企盼。这就是天地人合一的精神境界。我们可以指责古人的认识局限，但不能忽略敬畏自然的传统观念。正是在这种观念的支配下，数千年来先祖才给我们留下了绿水青山，留下了金山银山。这种观念起自何时？可以追溯到帝尧时期，有一首《伊祁蜡词》就是先祖春祈的真实写照。词曰："土反其宅，水归其壑，昆虫毋作，草木归其泽。"由此可见，春祈有着悠久的历史传统。

秋报，更是中华民族人格的外在写照，简单说，就是报答恩情。春天祈求上天保佑，风调雨顺。一年劳作下来，粮食收获了，入库了，当然不能忘记阳光雨露的滋养，当然要报答大自然的恩惠。

那么，如何春祈？如何秋报？

唱戏。

古人喜欢娱乐，喜欢看戏，不仅以己度人，而且以己度神。以为上天同自己一样喜欢娱乐，喜欢看戏，便演戏酬神。这便是为何众多戏台建在神庙里的原因所在。

神庙剧场，写照了古人对天地的敬畏，写照了古人对天地的感恩。一个人懂得敬畏，才能有所为有所不为，操守应有的良知；一个民族懂得敬畏，才能保护自然，和谐发展，具有可持续发展的生态环境。一个懂得感恩的人，才能与人友善合作，身边才有一个具有合力的团队；一个国家的民众懂得感恩，才能众志成城，具有生生不息的活力。

神庙剧场，潜在着万千风情，是一部读不完的大著，可以读出朝代兴衰，乾坤旋转；可以读出人间向善，春风化雨……

第五折　本是同根生

这一折要鉴赏古代戏台的细部，即一个一个的构件。

有的是硬件，是建造戏台所必需的，例如台基和支柱，无它则无法建成戏台；有的是软件，是附加在戏台上的，比如台名和楹联，无它也无损于戏台的功能。

我对无法省略的硬件很感兴趣，对可以省去而未省去，还精心设造的软件更感兴趣。因为，正是这些可有可无的软件为戏台增添了风采。没有这些软件戏台，戏台也是戏台，而有了这些软件，戏台艺术得华光万状，分外招眼。

古代戏台，几乎每一座都是不可多得的艺术品。

当然，不只是软件，即使硬件上也闪烁着艺术的光彩。

就让我们走上前去，拭目观看。

仰望台顶

第一次见到元代戏台我就看直了眼。

让我直眼固然是因为历经风尘的戏台，依然老迈在这个世界，更重要的是它那气宇不凡的顶厦冠戴。

从远处看，这顶厦同台体风貌一致，简练而不失大度。似乎没有什么匠心勾画，只是建造者的随心所欲。甚而，初入眼还有那么点笨拙的印象。

不过，登上台基，抬头观看，立刻大吃一惊。那内在的结构是一轮藻井。藻井从低往高，由大变小，层层收缩，排列有序，看得人眼光钉入木架，难以抽拔。更惊讶的是内行的指划：整个梁架没用一根铁钉，全是铆榫搭接。

正惊奇的欣赏，又听了个故事。故事说，这东羊戏台是鲁班所建，建完下架，擦把汗，伸直腰，说：

有人比我强，

多用一根梁。

有人不如我，

拆了搭不上。

鲁班是虚构的。元代戏台是不会和春秋时代的建筑大师联系在一起的。但是，这精美的建筑容易让人想起鲁班，若不得鲁班真传，怎么会有这样的精品？不过，在口舌交替中鲁班真传竟传成了鲁班建造。这自然有些荒谬，荒谬的起点却是真诚的夸耀。

时光仅仅累添自己的数字，而人们却不断繁丰自己的物件。我看到在古代戏台上出现了单檐、重檐、歇山、悬山、硬山、攒山等多种花样。倘若将这些古戏台置于一起，真堪称花样繁多，百花齐放。可惜，这只是一种奢望，谁也无法付诸实施。山西省古建筑研究所曾做过尝试，请工匠木做了元代戏台的模型，陈列于存有元代戏台最多的临汾尧庙，遗憾的是尧庙广运殿会在一把大火中化为灰烬，而那些木制的戏台只能加大火势，不仅烧光了广运殿，也焚毁了自己。兴许这大火的遗憾烧疼了专家的心胸，前数年在太原建成的山西博物院里，重新复制了元代戏台的萎缩模型。

尽管我来到阳泉市河底镇苇泊村时，山西省博物院尚未建成，木模焚毁的遗憾也立即消解了。天齐庙戏台给了我一个繁花簇拥的新鲜。前台正中是元宝顶，两次间矮了下去，而且变成了歇山顶。歇山顶后稍高一顶，却又变成了悬山顶，还是个半坡厦。这就够多姿多彩了，建筑师却还嫌不够，又在侧旁加盖了低低的戏房，戏房竟变成硬山顶。看上去，那屋顶层层登高，层层生变，妙不可言。下雨时，那雨水层层滴落，层层生响，音韵交织，动人心弦。忽然觉得：

建筑是立体的图画；

建筑是凝固的音乐。

古代戏台亦然！

抚摸支柱

看了支柱，再看墙体，不只了解了元代戏台，也加深了对这个社会的理解。

社会如同这戏台一样，有支柱，也有墙体。

从外形看，墙体和支柱共同撑顶起冠盖。可是，抽了支柱，戏台准得塌成一堆。如果拆了墙体，那丝毫也无损戏台的巍然。这社会和戏台同理，有支柱一般的人，也有墙体一般的人，后者同前者享有一样的待遇，岂不知仅是狐假虎威而已。

我上前摸摸立柱，浑身便有说不出的通泰。

让我振奋的是魏村牛王庙戏台的支柱。石头刻制的，粗壮、硬实，竖在那儿就好像一角是岳飞，一角是文天祥。生命的浩气顶撑起尘世的负累，经风历雨，丝毫不减当年英姿。

庙里人见我钟爱石柱，告我，当年建这戏台，百料俱备，唯缺支柱，四处挑选，无一合心。一夜，村中大户酣睡，忽听门外有人喊：我借一下槽头的骡马，给庙上拉石柱。是梦，主家依然酣睡。一会儿，又听人喊：石柱拉回来了，骡子拴在槽上。睡意浅了，出梦，觉得奇怪，披衣下炕，到厩廊一看，骡马拴挂仍好，却都汗涔涔的。更觉奇怪，出院，掩门，来到庙上，哈呀，果然有了石柱。

石柱不凡，从神话中走来，更让我喜爱。

抚摸着石柱，想起村民们喜欢说：立木顶千斤。

先前建房，先立木，后垒墙，墙倒屋不塌。现在看不见这么建房了，古代戏台的立姿却再现了往事。如果说面对这戏台还有一丝忧虑的话，是忧虑那木柱能够重负的重量。好在有座王报村金代戏台，这戏台正是木柱，木柱支撑着顶冠已很久了，久远的顶冠在年岁的磨砺中已残残喘喘，可挺立的木柱依然挺立，依然也没有减损含辛茹苦支撑屋宇的一腔豪情。

我多情了，其实木头无情，只有力量。

严格说，木头并没力量，只有重量，是人让木头的重量变成了力量。

人让倒下的木头站了起来，使重量成为力量。不，应该说，人让站立的木头先倒了下去，丧失了生命。

人摆布着木头，让它倒，它就倒；让它站，它就站。人造就着木头，也造就着木头支撑的戏台。

然而，今天我们只能从木头中猜测造就者的生命，和生命中的灵性，却无法面对那灵性的生命。

从另一个视点上看，倒下的木头并没有失去生命，只失去了生长。木头变成木柱仍然继续着生命。不过，这不再是本能的生命，而是人为的生命。

木柱在人为的生命中传递着人的生命。

人倒下后不会再站起来，若不造就个木柱，无所依属的生命便消失得无影无踪。

所幸，人能造就木柱、石柱，以及更多更多的物体。

人减损着物体，也繁复着物体。

随着智能时代的到来，人繁复有形的物体，也繁复无形的物体。有形的物体放射出无形无体，无形物体充斥了整个世界，改变着整个世界。

人异化物体，也异化自己。

观瞻基座

戏台，多有基座。

基座，多有风格。

风格里收藏着一个时代，也展示着一个时代。

外垒青砖，内填夯土，是我见到的最多的基座。如果有差别的话，差在紧挨土面的地方。有的是青砖直上，有的则垫垒了几层石头。元代是这样，明、清两代大致也是这样。

金代风格就大为不同了。一律由石头垒砌，而且，石头上还有很多雕刻。看上去硬实，牢固，用一股恒久的力量支撑着上头的顶盖。行家说是：须弥座。

须弥座，为啥叫作须弥座？

先想"须"，须是指胡子，胡子和建筑没啥关系。好在有个词：根须，这里莫不是取其意？又想"弥"，有弥合一词，也就是契合在一起的意思。"座"当然是座位，如此，须弥座就是弥合戏台落卧大地的座位。

错了，完全错了。翻出佛典一看，须弥座是佛像的座位，也是佛塔、佛庙的基座。佛教来自印度，须弥是一座高山，以其形容佛祖的功德，无疑是尊仰佛高，顶礼膜拜。谁想到时日远去，我们只使用着当初的语言，却忘却了内中的蕴含。

用须弥座为戏台做台基，很有意趣。意趣自然不是实用范畴的价值，而是虚无空间的想象。台基的高是有限的，甚而可以通过比较将高视为低，而将须弥的原意设置进来，那就高得超拔，高得脱俗。这种高不再在现实天地了，而是高进了艺术世界。登上这高超基座演绎的戏剧，正是艺术生成的硕果。忆想这戏台上，站一员挥舞长矛的武将，舞一只鲜亮艳红的马鞭，率四个精明干练的小卒，却威风凛凛，势不可挡。在众人眼里，那马鞭是一匹欢蹦乱跳的千里马，那四个小卒就是百万浩浩荡荡的大部队。将士们在台上绕了一圈，便跨越了千山万水。在戏台上，少表现了多，无表现了有，假表现了真，写意、传神主导着剧情的进展。

民间说戏剧是：

> 轿是两杆旗，
> 马是一根鞭。
> 登山过桌椅，
> 行船划桨板。

又说：

> 三五个千军万马，
> 一席地走遍天下。
> 方寸台万里山河，
> 顷刻间千秋功业。

这样一种虚无的技法，却演绎出意想不到的效果：

台上一声笑，

座中万人欢。

台上一声啼，

座中万泪滴。

须弥座烘托起的就是这样的境界，真正的艺术境界。观众在少中寻多，在无中寻有，在假中寻真，枯燥、乏味、单调、虚假的现实生活中缺少的东西，在戏台上却可以看到，而且可以大饱眼福，大享清福。

舞台上的戏剧就这样让人沉醉了千年。

不过，自从影视艺术介入进来，戏剧受到了难以抵挡地猛烈冲击。在冲击中，戏剧节节败退，以致溃不成军，以致空落了曾经喧哗热闹的戏台。影视用真来体现真，用有来体现有，用少来体现少，用再现来体现生活，用反传统艺术手法拓展着艺术的空间。传统艺术颓废了，戏剧艺术青春难再。看看一座座荒败冷落的戏台，真让人恻隐和怀恋，怀恋戏台上昔日的繁盛。

这一切，和须弥座的消失没有关系，可我总担心戏剧像元代以后消失的须弥座一样，无法再回到自己的位置。

怅望柱础

柱础，是一块石头，一块用于稳妥安放支柱的石头。

很长时间，我都把这种石头叫作鼓石。

鼓石，像鼓，像各样的鼓。应该说，有什么样的鼓，便有什么样的鼓石。花鼓、腰鼓、威风鼓那样的鼓石随处可见。

鼓石上托支柱，总比支柱要粗壮那么一点儿，上头压下的千钧重量，经它接过，轻轻消散在大地，大地和顶盖都稳当沉实。

古代戏台没有一座缺少这鼓石。

元代的时候，鼓石很简朴。我在曹公村看到，那鼓石不只是简练的凿开，有了镂凿，有了雕刻，却图貌省俭。省俭的图貌不显粗陋，不留寒酸，反而给人一种大方的气韵。

下交村那柱础，该是明代的了吧！石磴下好像是空的，空洞间活跃着几只小狮子，钻进钻出地戏耍，紧闭着嘴唇，洋洋自得。而西李门村那狮子却在怒吼了，那是大庙支柱的狮子，昂起头，张大嘴，不知心中有什么怨愤。

转过墙脚，我明白了怨愤的原因。

一根石柱下竟铺垫着五层土红色的砖。石柱的严整，土砖的寒酸，给人说不出的别扭。而旁边的石柱下却是精美的柱础。在这里柱础谓之鼓石已不相称了，它没有鼓的形姿，成了方正的式样。四角是威目圆睁的狮头，头下垂着变异的肌体，尾巴旋卷，卷成一朵浪花。与两只狮头相连的是花瓣，花瓣垂落下的空间，像是戏台上的幕布，里面一只狮子似在表演，真让人喜爱！大概就是这喜爱招惹了祸端，那边的一只被偷窃走了。

看这边的严实沉稳，偷也不易，没有点技巧是不行的。必须承认这贼偷得精明，用怎样的东西支起石柱，又用怎样的手法将砖块填塞进去，还要填塞得安丝合缝，托举起石柱不倾不斜，支撑着台顶不弯不倒。你可以像那头狮子一般怒吼他的罪恶，却不得不暗叹他手法的精妙。倘若用这样的手法去建设，说不定会生成又一座传世的珍宝，偏偏他沦为贼寇，成了破坏的高手！

不由人疼痛揪心！

揪心失落了物质的珍宝，更揪心失落了人格的珍宝。

与这里被盗的柱础相比，长子县关街村那个柱础似乎幸运，还有点道不拾遗的意思，却也让人忧心。我满怀希望奔向那里，满怀失望离开了那里。满怀希望是因为史料介绍此处有座古代戏台，满怀失望是因为戏台已不在了。村里是有座天凤寺，寺很破了，仍在残喘，戏台却连残喘也不用了，已经拆掉。据说拆旧是为了建新，新建一座戏台。只是不知道是修复，还是重建？我相信，以今人的力量建一座戏台不难，但是要建出文物品格极难。不是难，而是不可能。唯有修复，修旧如旧才能将历史再现眼前。可是，我在废墟中查看，怎么也看不出有修复的迹象。那弃扔在一旁的柱础似在呻吟，呻吟负荷数百年的身体难再有为。我仔细看过，须弥座式的方石上连接着鼓石，而且当中还有刀斧的镂刻，图案像只羊，一只跪乳的羊传递着民族的孝道。一阵风来，尘飞叶飘，柱础却坚实不动。

石头不动，不会动。

人会动，会让石头动。

人会让石头往有用的地方动，也会让石头往无用的地方动。但愿这块石头回归旧位，继续千年不朽的支撑。

聆听音壁

音壁是古代戏台的扩音器。

金元时期的戏台没有音壁。没有音壁不是不需要音壁，而是还没有找到这种扩音的方式。据说，元代戏台的藻井房顶像个喇叭口，就便于收音，明清时期这种藻井仍然流行。

我小时候常和伙伴们在戏台上蹦跳。不是想唱戏，而是想听音。在戏台上蹦跳出的声音宏巍、浑厚，好一会儿也消失不了。我们好奇，大人们却不以为然，奇什么，有什么好奇的？那台基里埋了几只老瓮，用来扩音。这还不奇？村里家家都有老瓮，有装粮食的，有装水的，没有谁家用来扩音。不知是谁挖空心思想出了这个点子，让老瓮创新了功能。我在寻访古代戏台时，凡能上去的，总要在台面跳一跳，感受一下古人的聪明才智。

古人的聪明才智真多，不光让老瓮有了新的生命价值，也让戏台有了音壁。

音壁是台口两侧的八字墙。八字墙把戏台上的声音收拢在一块，不让它随意消散。声音受阻依壁流动，便流动到戏场中去了。让分散变集中，让微弱变宏大，这可真是节俭声音的典范，放大声音的楷模。

果然，明清以后的戏台几乎无台没有音壁。

中国的古物都有个特点，不只有使用的功能，而且有观赏的价值。音壁也一样，何况它在台前，是个醒目的建筑呢！我看到，音壁上有福字，有寿字，还有图画。图画有松鹤延年，有喜鹊登枝，样数不少，都是一个意思，谁看一眼就会享受吉祥，享受幸福。这福字、寿字，以及图画都是砖雕的，戏台上又展示了一门艺术。

音壁的收音、扩音效果是有限的。人们看戏的热情、激情是无限的。有限的效果很难满足无限的情绪，情绪满足不了就会骚动，后头的人往前挤，前头的人往后靠，戏场里乱哄哄，戏演得再好，也看不好。这一回，不用建戏台的人动脑子，演戏的人动开了脑子。听不清，能看清也好，后头的人看清了，便不会往前挤了。动脑的结果表现在脸上，脸上的色彩更突出了，和人物的性格有了联系，渐渐形成脸谱。

村乡人常说，你是小旦你就扭，你是花脸你就吼。小旦不会扭，花旦不会吼，不如回家抱孩子，不如下地去摇耧。脸谱分开了角色，角色划出了职责，戏台上形成了范式。这脸谱的范式是：

红为忠勇白为奸，

黑为刚直青勇敢，

黄为猛烈草莽蓝，

绿为侠野粉老年。

金银二彩色泽亮，

专画妖魔鬼神判。

脸上这么一描画，出了场，后面的人远远就看清了是忠是奸，是刚直，还是勇敢，再看那衣着架势，就把故事连在一起了。

脸谱，化解了戏场的骚闹。

脸谱，犹如无形的音壁。

无形的音壁和有形的音壁红火了戏台，也红火了戏场。红火了一个朝代，又红火了一个朝代。

眺望隔断

我的乡亲习惯把隔断叫成隔扇。

隔扇是隔断的形象叫法，形象在扇字上，扇者扇子也。隔断建在前后场之间，有木框，框上有门，门能开启、能闭合，不就像扇子么？隔扇叫得生动。

早先的戏台没有隔断，没有隔断就没有前台、后台。这种戏还是以表演杂耍为主，以歌唱念白为辅，也就没必要在后台有过多的准备。需要分前台、后台时，那是戏剧花蕾鼓圆，又要爆开新的花朵。

隔断初现时，不是隔扇，而是布幔。布幔的出现标志着戏剧迈上了一个台阶。

什么时候开始有隔断呢？元代就有了。有物为证，洪洞县明应王殿里有幅壁画，是元代遗物。画面有个不起眼的人物，只露了少半个身，多半个脸。

可就这么个人物说明那时已经分开了前台、后台，因为掀起的布幔露出了他的少半个身，多半个脸。

倘要是外行观看，眼光一扫就会过去，很可能不在意这个毫不起眼的人物。以常规画面审视，这是个多余的人物，他的出现影响了整个画面的整肃，使剧团的演艺变得不无随意。要是剔除了这个人物，画面规整，角色严谨，这个剧团就是训练有素的团体。有了这个人物，让人多了遐思，多了猜疑，这个剧团是不是演出不无儿戏？若是当代人作画，而且还是清楚标明"大行散乐忠都秀在此作场"的画幅，自然少不了广告嫌疑，根本不会让这个人物露头，影响剧团一本正经的效应。如此一来，真令人提心吊胆。倘要是删除这个人物，删除的不只是演出时的真实气氛，而是标志戏剧成熟的重要实证。感谢画师没有文过饰非，逼真再现了当时的演出场景，如此才留下一块不是石头的戏剧活化石。让当代人从中眺望到了元代戏剧成熟的一个标志：有了前台、后台之分。

前台、后台的区分，是有了台上的隔扇。

前台、后台的固定，是有了固定的隔扇。

隔扇分割开两个空间。前台假戏真做，一招一式，精益求精；后台回归现实，稍微喘息，略作准备，上前再展风采。前台、后台一样的格式，新手、老手的感觉却大不一样。新手，在后台慌，上前台怯，怯中出错，常常惹人哄笑；老手，在后台闲，上前台熟，熟能生巧，常常引人喝彩。

我看过一场戏，是三国戏，诸葛亮在帅台上点将，关羽出来了，听令率军去了；赵云出来了，听令率军去了。轮到张飞出来时，却出来了个没有胡子的张飞，台下正要笑，只听台上诸葛亮问：

来将何名？

来将回答：小将张苞。

诸葛亮又问：你父何在？

张苞回答：现在后营。

诸葛亮说：叫去！

张苞道一声"得令"，急转身下场。音乐连续铿锵，响个不停，那边挂上胡子的张飞摇头晃脑已到了帅台前面。

有人说，演得好，一人顶俩角。

散了场，我和几个伙伴未走，钻到后场看演员卸妆，听见班主问张飞：你咋出去不戴胡子？

张飞乐呵呵地说：我打了个盹，嫌胡子扎，卸下了，该上场了，一步窜出去，才知道坏了。

班主一指诸葛亮说：多亏人家老王不慌，给你个下场的台阶。

原来是这么回事．一个忘了戴胡子的漏洞，让两个老手弥补得天衣无缝。

隔断，分隔了前台、后台，但隔不断活生生的世界。

有了活生生的后台，才有活生生的前台。

前台、后台，也称前场、后场，无论如何称谓，都是割断划分出的两爿天地。

品味台名

山西古代戏台不少，有名称的戏台不多。

戏台名称虽少，可一看就让人生发很多的联想。想历史，想世事，想人情，至今也会添些文采雅兴。

礼乐楼，泽州县辛壁村成汤庙戏台的名称。神庙象征礼，戏台献演乐，礼乐是神庙剧场的完整结构。不说祭祀，而说礼乐，含蓄，符合中华传统文化含而不露的特点。

颂德楼，代县杨家祠堂戏楼的名称。演义杨家忠心保国的事迹，歌颂千古不朽的美德，激励后人努力效仿，主旨突出。

奏衍楼，运城池神庙戏台的名称。奏，音乐声韵。衍，演变发展。奏衍是歌舞表演的代名词。这名称没有局限于一池一台，视际辽远，胸襟博大。衍是会意字。《说文》解释：衍，水朝宗于海貌也。意思是水流入海，引申为富足。《后汉书》"修文则财衍"，衍，表达就是富足。在泱泱盐池畔为盐神献演戏剧，自然是祈求多多产盐，多多进宝，多多招财。

霓羽楼，平顺县东河村九天圣母庙戏台的名称。一入目便进了历史文化深处。唐开元初年，西凉节度使杨敬述献给朝廷一部大型西域歌舞《婆罗门曲》。唐明皇李隆基看到，手舞足蹈，醉入其中。看一次不过瘾，再看一次，连续观看，数日不厌，竟至载歌载舞，重写新篇。就这么，著名的《霓裳羽衣曲》诞生了。一日，乐师李龟年领着梨园班表演，一群舞裙洁白，绸绫飞扬的舞女飘然上场，轻盈起舞，像云彩一般在眼前飘逸。飘逸的云彩悠悠散开，中心居然出现了一位身旋裙转的仙女，李隆基简直看呆了，看了好一会儿，才发现那身旋裙转的仙女竟是贵妃杨玉环。禁不住跑上场去，打起羯鼓，为杨贵妃助威！这霓羽楼莫非是要再现大唐歌舞的盛景？好是好，未免让人觉得奢华。

相形之下，还是让人想念晋祠那戏台。那戏台名为水镜台。读过台名便想起《汉书·韩安国传》中"清水明镜，不可以形逃"的语句。从台边往前走走，就是那一渠从难老泉汩汩而来的清流。水清如镜，又明又亮，渠底的河石方是方，圆是圆；清流中的群鱼，动是动，静是静；石边的嫩草，绿是绿，黄是黄。一渠清水流出了水镜台的意蕴，忠是忠，奸是奸，人世混沌难辨，而戏台上原形毕露，不饰不掩，看得人直喊痛快！想想乡亲们常说的话，白花脸奸贼（贼应是臣，乡亲却从不说臣）怕的是戏完了。完戏时都要挨刀子，是这样下场。好个水镜台，言简意赅，回味无穷。

高平市王何村五龙庙的戏台名为古庆云。庆云，还要加上古，古代什么时候有庆云？有，舜禅位于禹时出现这样的云彩，不过称卿云，舜曾作《卿云歌》：

> 卿云烂兮，
>
> 纠缦缦兮。
>
> 日月光华，
>
> 旦复旦兮。

在这样和美高雅的气氛中，舜将帝位禅让给禹了。这台名思接千载，视通万里，意在演绎历史的和美，多么令人神往呀！

我忽然觉得：

戏台是历史文化垒积的成就。

台名是历史文化哺育的花朵。

品味楣辞

楣，是指隔断的楣。楣辞，当然是指隔断上的文字。

隔断上的文字，是古代戏台的毫尖发梢，很难引起人的主意。可是一旦看到了很难马上移开目光。那简练的词语中包含着丰厚的历史文化，是一部回味无穷的大书。

襄汾县尉村戏台上书：同规和折矩。初看，理解为既要继承遗风，还要创发新声，觉得古人这思想还挺前卫的。一想笑了，笑自己的浅薄。钩沉起典籍回味，原来这同是古代的铜制乐器，同规就是沿袭古乐的演奏方法；折就更明显了，元杂剧戏文每剧四折，缺一不可。每折用同一个宫调的曲牌，连成一体，一韵到底。这就是段落呀！这折矩不就是承续元杂剧的结构吗？

同规、折矩，竟然是循规、蹈矩，是不越雷池一步的宣言。至于如何实践，我却不敢信以为真，若果真如此，戏剧艺术跟着先人亦步亦趋，邯郸学步，恐怕早就成了化石。戏剧若死了，戏台还有何用？若没了戏台，我又在何处看同规、折矩？不过，对于艺术而言，任何体式都有规矩，都有应该遵循的规律，但是又不能使规矩成为发展的紧身衣。这同规和折矩中，是否也潜藏着这样的道理？

沅雅，扬风，见到这名词，我真不敢轻易妄断。驻足止步，仔细沉吟，古远的世事在黄河岸边的碛口戏台与我相逢了。庄子大笔一挥，孔子上场了，颜回上场了，子路和子贡也上场了。他们满面菜色，一身风尘。这是周游列国的路上，这是在陈蔡之间遭受困厄，七天没有吃上一顿热饭了。颜回正拣择野菜，就听子路和子贡竟然说走投无路了，进屋便告诉了先生。孔子叫来二位弟子开导：君子通达于道，叫做一以贯通，不能通达于道叫做走投无路。如今我们信守仁义之道而遭受乱世带来的祸患，怎么能说是走投无路？危难才能见高德，严寒方能识松柏，陈蔡之难于我们未必不是好事。一席话说得二位弟子茅塞顿开，子贡惭愧地说，我真是不知天高地厚。子路则和着先生的琴声盾牌跳起舞来。沅雅，便是这持盾舞蹈的定格，其中包含的寓意不说自明了。

扬风，扬是张扬，是宣传、推广。风可就耐人咀嚼了，有教化之意，有风度之貌，有乐曲之名，《诗经》不就是由风、雅、颂组合成的吗？刘勰在《文心雕龙·乐府》有句："匹夫庶妇，讴吟土风。"切莫小看这土风，连大音乐家师旷也常下去采风，"诗官采言，乐盲被律，志感丝篁，气变金石"，化大俗为大雅了。我不想搞清这风的确指，任何确指都可能挂一漏万，倒是一块璞石才能给创造者一个施展才华的领地。因而，我只能为扬风而感动。感动这扬风的浑厚，也感动那沅雅会和扬风并举，更感动那个沅雅中未必没有这黄河号子的匹夫土风！

我还听到了琴音、瑟韵，在忻州市东张村大关帝庙戏台。琴瑟本是熟读成诵的词汇，没一点新鲜气。可是，在这戏台上相逢就让我有新风扑面的感觉。琴瑟音韵，悦耳爽神。

因而才有夫妻和谐之咏：妻子好合，如鼓琴瑟；

因而才有兄弟相亲之诗：离堂思琴瑟，别路绕山川；

因而才有道理和悦之文：忠信为琴瑟，仁义为庖厨。

这琴音、瑟韵，美呀，真让人要三个月不知肉味了！

我不敢再一一品味那楣额上的文辞了，仅此也令我醉不思归了。

始知，酒不醉人人自醉。

神思壁画

戏台上壁画很多，只看一幅已让我惊心动魄。

画面是一兽一人。

兽是怪兽，不像老虎，不像豹子，不像狮子，不像麒麟，更不像龙，连四不像也不像。却凶猛得很，张着大口，扬着舌头，翘着双角，参着胡须，瞪着双眼，像是要一口把天上那轮太阳吞进自己的肚子里。

这猛兽名字为贪。

贪，贪心的贪，贪婪的贪，贪污的贪。

世界上还有这种动物？也许没有，只有民谚：人心不足蛇吞象，贪心不足吞太阳。

上句三物：人、蛇、象，世上均有，下句的太阳人人见过，唯有贪这动物令人费神，真没见过。司空见惯的是贪，随处可见，只是见怪不怪，视而不见。没想到形象化在戏台的壁画上，却如此触目惊心。这动物真凶、真恶。

画面上的人是钟馗。钟馗是专门伸张正义，捉鬼治邪的神人。据说，唐玄宗一次外出巡游，忽然得了重病，御医千方百计诊治不见减轻。一天夜里，他梦见一个红衣小鬼盗窃珍宝，愤怒地大声斥责。小鬼不理不睬，他恼怒无比，又无可奈何。此时，突然出现一个破帽遮脸的大汉，抓住小鬼一口吃掉。唐玄宗问他是谁，大汉回答是终南山进士钟馗。本来高中皇榜，皇帝嫌他面相丑陋不予录取，盛怒之下撞死在宫前台阶，死后从事捉鬼大事。

梦醒后唐玄宗病体康复，即命画家吴道子画下梦中钟馗的模样，大肆宣扬。此后，钟馗就成为举国传扬的捉鬼之神。

画上的钟馗，双手舞动利刃，一跃骑上贪背，马上就要戳破贪身，捅死贪心，要不太阳消失真成了人间大悲剧。

真敬慕钟馗。

也为难钟馗。

贪，即使能够降服，却也难以根除。倘若根除了，人世清明，官场廉洁，还会有这钟馗降贪图吗？

不会了。

钟馗降贪图所以能走上戏台，是因为反贪内容是最受欢迎的戏剧。久而久之，反贪成了戏剧久演不衰的主题。戏剧久演不衰，是因为贪官久盛不衰。而且，一代一代，代代出贪。贪官层出不穷，反贪便是人民最强的呼声。呼声变成了剧本，变成了画幅，也就有了这来自古代的降贪图。

为什么反贪如抽刀断水水更流！

因为贪官是封建专制需要。每一位权力的主宰者，都要手下的官员如猫狗一样乖巧。可官员是人，毕竟不是猫狗。猫和狗吃谁的饭就护谁的院，看谁的门，人不行，物以类聚，人以群分。群分的人都有思想，思想和主宰者不同了，就会你说东，他往西，弄得上司很没面子。那就罢免了他，可是，免了张，出了李，说不定这李比张还牛气。那就杀了他，杀了李，出了赵，说不定这赵比李还犟气。何况，总不能天天免官，天天杀人吧，这折腾来，折腾去，还不折腾完了自己的脸面威风。

这有什么办法呢？办法还得从人不是猫狗说起。猫狗吃饱了就满足了，人吃饱了，还想吃好；吃好了，还想让子孙吃好；子孙吃好了，还想让世世代代吃好。眼前的吃好这好说，而要身后的吃好那不留点财产能行吗？要留财宝，自己手头的钱又有数，不贪污些能行吗？

妙处正在这里。吃了人家的嘴软，拿了人家的手短。贪污是哪朝哪代也反对的，就不信你贪污了钱财还敢顶嘴闹事？就不怕上头查处你？当然不敢了。既然如此，那贪污就成了帝制、专制社会历朝历代维护政权稳定的大策了。臣有把柄在咱手，只有服帖跟着走。倘若不服帖，那就把他贪污的底子一抖，罢也可，杀也可，没人姑息同情！而且，还会博得民众的喝彩，换言之，还可以笼络人心。

如此一来，确实为难了钟馗，你手持利刃，就能根除贪官吗？不能，贪官恰如韭菜一样，割一茬又长一茬，依然蓬勃生长。

可是，如果缺少了这种蓬勃，还能看到这钟馗降妖图吗？

还有人更具奇思妙想，似乎让钟馗一人降贪有些势单力薄，于是在降贪的阵营里又杀出一员悍将。谁？关云长，关老爷！临汾市尧都区郚村清代戏台的台面墙上，描绘的就是关云长降贪图。我对这幅画更感兴趣，让关云长降贪堪称知人善任。成语封金挂印，就是关云长精神的写照。《三国演义》第二十七回写道："（曹操）因谓张辽曰：'云长封金挂印，财贿不以动其心，爵禄不以移其志，此等人吾深敬之。'"其中包含的故事是，关云长投降曹操时与之有约，一旦闻知兄长刘备的消息，即告辞而去。话是这么说，曹操抱有异想，试图高官厚禄将关云长感化。因而封他为汉寿亭侯，不时送去金银供他享受。然而，关云长得知刘备下落，立即把金银封存留下，将汉寿亭侯的印玺悬挂起来，毅然辞别而去。不贪高官，不贪钱财，关云长在尘世中留下一腔正气。虽然这是文学演绎出的故事，却已深入人心。让他与钟馗偕同反贪，自然是知人善任。不过，这只是民间的一厢情愿，真要让乾坤朗朗，世道清明，绝非易事。因而，反贪的戏剧，从古到今，常唱常新，常受欢迎。

戏台上的一幅画，装满了千年世理。

鉴赏楹联

惩恶扬善并非唯有画图，戏台楹联也可窥视一斑。

在山西古代戏台中寻觅，清代戏台多数都有楹联。乍看楹联是个小摆设，有也可，无也可。然而，细细琢磨这楹联实在不敢轻慢，往往是戏台功能的简要概括，往往是戏剧作用的精粹提要。

临汾市尧都区有个三淇村，十年前我去时戏台已基残顶透，但两边的山墙还在，楹联还在：

曲调六品五音图写成千载悲欢离合
人演九流三教形容生历代忠佞贤奸

短短三十个字，写尽了戏剧的奥妙，看得人眼亮心热。上联写人情冷暖，下联写世事混沌。这恰是戏剧的主旨故事。人情冷暖变化莫测，却要唱出千里共婵娟；世事混沌清浊难分，却要判定忠佞贤奸。众生在尘世的烦恼煎熬，走进戏剧里边超然物外，来他个暂时逍遥，期待着善有善报。

上联悲欢离合，让人想起石君宝的剧本《李亚仙花酒曲江池》。青春勃发的郑元和进京赶考，遇到了李亚仙，看直了眼，禁不住夸赞："那一个分外生的娇娇媚媚，可可喜喜，添之太长，减之太短，不施脂粉天然态，纵有丹青画不成，是好女子也呵！"李亚仙也为郑元和所倾倒，戏里唱道："他将那花阴串，我将这柳径穿。少年人乍识春风面，春风面半掩桃花扇，桃花扇轻拂垂杨线，垂杨线怎系锦鸳鸯，锦鸳鸯不锁黄金殿。"一见钟情，便禁不住倾心合欢。偏偏李亚仙是个风尘女子，与之合欢需要银两，银两花光，郑元和被赶出烟花院。一对有情人生生被撕开，离情苦煞人。郑元和流落街头，"遍乾坤冬寒暮景，寰宇内糁玉筛琼。长街上阴风凛冽，头直上冷气严凝"，冻得好不凄凉！所幸，李亚仙痴情不减，要与郑元和"埋时一处埋，生时一处生"。她与郑元和另寻房屋居住，教他用心温习经书。来年科考，郑元和金榜题名，几经周折，一对有情人终成眷属。一场戏，唱出了几多悲欢离合啊！似这样的悲欢离合，何止《李亚仙花酒曲江池》，世事多周折，人间多离合，戏台上的悲欢离合撕扯着多少人的心，抚慰着多少人的心。

下联忠佞贤奸，让人想起关汉卿的剧本《感天动地窦娥冤》。那简直是关汉卿对混沌尘世的大揭露，大洗涮，大医治。那倒霉的社会，人心溃败，良知泯灭，为活着可以出卖肉身，为利益可以出卖灵魂，为金钱可以出卖权力。一个"卖"字主宰了世道人心，谁还敢企盼有好日子过呢？说不定闭门家中坐，祸从天上来。我们跟着关汉卿去看看那时的社会，那时的人。

看官，官贪成风，梼杌就是典型。上场几句话就暴露了贪婪无赖的嘴脸："我做官人甚殷勤，告状来的要金银。若是上司当刷卷，在家推病不出门。"告状的张驴走进衙门，跪见他，他亦下跪，祗候不解，问他，他回答得入木三分："你不知道，但来告状的，就是我衣食父母。"轮到审案，认准一个"打"字，反正收下张驴的银钱，不打招窦娥怎结此案？这样的无赖贪官主管世事，社会岂能不混乱？

看民，民心蒙尘。赛卢医、张驴如此，即使蔡婆婆也好不到哪里去。赛卢医的阴暗心理是："行医有斟酌，下药依本草。死的医不活，活的医死了。"可恶行为是：欠银两不还，竟然动了杀念，将蔡婆婆骗至野外，取出绳子行凶，若不是张驴儿父子赶到，就勒死了她。他的丑行，被张驴儿抓住把柄，人家一讹诈，慌忙卖给毒药。一个以治病救命为天职的医生沦丧到这种地步，其他人可想而知。

张驴儿呢？更是一副流氓相，满嘴地痞腔。救命本是好事，可一听蔡婆婆子身亡与媳妇苦度时光，就心生歹意，对他爹说，不若你要这婆子，我要他媳妇，何等两便？蔡婆婆不从，他翻脸呵斥：赛卢医的绳子还在，我仍旧勒死你罢。吓得蔡婆婆只好带他父子回家，张驴儿得意地道："帽儿光光，今日做个新郎；袖儿窄窄，今日做个娇客。好女婿，好女婿，不枉了，不枉了。"见到窦娥，张驴儿伸手便拉扯，被人家推开，竟无耻地说："这歪刺骨！便是黄花女儿，刚刚扯的一把，也不消这等使性，平空的推了我一跤，我肯干罢！"以至于下手投毒要药死蔡婆婆，霸占窦娥。岂料他贪吃的父亲误食毒汤，当即亡命。这便诬陷窦娥，终至引发冤案。张驴儿是个赖得不能再赖的人，坏得不能再坏的人。

那蔡婆婆呢？看似不恶，还逆来顺受不无柔弱。可就是这个柔弱婆婆，放高利贷引起这场人祸。幼习儒业，腹有文章的窦天章，功名未遂，一贫如洗。因无盘缠，曾借了他二十两银子，本利该还四十两。被逼无奈，只有将女孩儿端云送与蔡婆婆做儿媳妇。那个赛卢医也是她高利贷的受害者，借给十两银子，本利加到二十两。赛卢医还不起，才萌生杀人恶念。而一旦遭受危机，为了活命，什么丢人现眼的事也敢答应。在那个年头，柔弱也能蜕为柔恶。

这世上还有好人吗？有，就一个：窦娥。她年不高，却颇懂礼仪；身柔弱，却颇有骨气。婆婆答应她俩分别招赘张驴儿父子为婿，她坚决不从，还怒加驳斥："遇时辰我替你忧，拜家堂我替你愁。梳着个霜雪般白鬏髻，怎戴那销金锦盖头？怪不得可正是女大不中留。你如今六旬左右，咱人到中年万事休！旧恩爱一笔勾，新夫妻俩意投，枉着别人笑破口。"

她冤屈受刑，咬碎痛苦，绝不招供，那情形叫人目不忍睹："是谁人唱叫扬疾，不由我不哭哭啼啼。我恰还魂，才苏醒，又昏迷。捱千般打拷，见鲜血淋漓，一杖下，一道血，一层皮。……打得我魄散魂飞，命掩泉世，则我这腹中冤枉有谁知！"

就这窦娥也咬碎痛苦，坚决挺住。可是一听梼杌说，既然不是你，与我打那婆子！她赶忙说："住、住、住，休打我婆婆，我招了罢……"

明礼、坚贞、善良，集于一身，这就是窦娥。这窦娥是关汉卿呵护的一点星光，让世人看到良知尚存，好人还有，还不至黑暗得见不到一丝光亮。

然而，这世上什么龌龊都能容纳，就是容纳不了窦娥这样的纯净；这世上什么坏人都能容纳，就是容纳不了窦娥这样的好人。窦娥竟然要被施刑杀头，这还有天道王法吗？关汉卿满腔怒火，要爆发，要呐喊。他让柔弱的窦娥替他发出惊天地、泣鬼神的呐喊：

没来由犯王法，不提防遭刑宪，叫声屈动地惊天！顷刻间游魂先赴森罗殿，怎不将天地也生埋怨？……有日月朝暮显，有山河今古鉴。天也，却不把清浊分辨，可知道错看了盗跖、颜渊！有德的受贫穷更命短，造恶的享富贵又寿延。天也，做得个怕硬欺软，却原来也顺水推船。地也，你不分好歹难为地！天也，你错勘贤愚枉做天！哎，只落得两泪涟涟。

两泪涟涟的窦娥死了，冤屈死了！死得让人泪水洗面，死得让人愤愤不平！

人世难道就这么黑暗，这么无望？关汉卿不会让黑暗永驻，让人们无望，他让进京赶考的窦天章皇榜高中，加官两淮提刑肃政廉访使，为女儿洗净冤屈，还以清白，一个晴朗的日月再现。

这就是戏剧舞台上的忠佞贤奸，恰如同榆次城隍庙那副楹联：

善报恶报迟报速报终须有报

天知地知你知我知何谓不知

　　这下联又牵扯出一个典故。汉代杨震赴东莱担任太守，途经昌邑县下榻于馆驿。昌邑县令王密，是杨震推荐才就任的。夜阑人静，王密怀揣十金前往馆驿相赠，报答杨震的知遇之恩。杨震坚辞不受。王密急切地说："此时深夜，无人知矣。"杨震却告诫他说："岂可暗室亏心，举头三尺有神明，此事天知、地知、你知、我知，何谓无知？"

　　之后，杨震成为有名的四知太守。到了唐朝胡曾还以此写下一首《关西》诗：

> 杨震幽魂下北邙，
>
> 关西踪迹遂荒凉。
>
> 四知美誉留人世，
>
> 应与乾坤共久长。

　　这四知成为后世戒贪守廉的一根标杆，更是戏剧弘扬的一种美德。代县鹿蹄涧杨忠烈祠和戏台之间有两座牌坊，其中一座上的题额就是：四知。另一座的题额是：明道。一个人若能明道，若能四知，那他做人是贤士，为官是忠臣，那这尘世就杜绝了歹徒奸佞，社会就能清正廉明，百姓就能安居乐业。

　　戏台上的楹联真不简单，寥寥数语，就活画出无数平民的渴望追求。晋祠水镜台上有一副长联，更是浓缩了世间万象：

临迥望之广场，飘轻裙曳长袖舞，虽云优孟衣冠，而君君、臣臣、父父、子子、兄兄、弟弟、夫夫、妇妇，大伦理都从丝竹管弦中抑扬绘出；

呈角抵诸妙戏，著假面拗真腰际，只属侏儒伎俩，则文文、武武、鬼鬼、神神、是是、非非、奇奇、怪怪，众情形竟自清词丽曲里婉转传来。

　　这幅长联的作者刘大鹏，肯定学识渊博，思路开阔，若不然怎能在一副楹联里写透梨园风情和世间风俗，又将二者结合得天衣无缝？

　　山西戏台遍地，戏联满目，不妨再赏几副，品味甘贻。运城市三路里三官庙戏台对联是：

　　　　　　妙舞翩跹红袖影飘绿树月

　　　　　　艳歌婉转紫箫声断碧云天

　　若是这楹联对戏剧的描述不完善，沁水县杏峪村玉帝庙对联则可补遗：

　　　　　　歌音婉转如闻好鸟枝头

　　　　　　舞态轻扬可想落花流水

　　上面这些联，一看就懂，只是少了点儿嚼头。万荣县后土祠那联似乎就是让人"蒸不烂，煮不熟，捶不扁，炒不爆，响当当一粒铜豌豆"。那并列的两台，东台对联是：

　　　　　　前缓声后缓声善哉歌也

　　　　　　大垂手小垂手轩乎舞之

　　西台对联是：

　　　　　　空即色色即空我闻如是

画中人人中画予意云何

如果这副对联太玄妙的话，那么，后场楹柱尚有一联，可以帮助理解：

世事总归空何必以空为实事
人情都是戏不妨将戏作真情

这联既出世，又入世，既讲情，又说戏，将人世情事说了个透彻明白。若说明白，运城市池神庙戏台联最明白不过了。中间联为：

奸雄百计得便宜难免当场唾骂
忠贞一时受困苦须知后世称扬

这是说戏，又是说人生，说得清清楚楚，透透彻彻。不光如此，好心的作者还怕世人不会看戏，又撰一联，悬挂次间：

要看早些来好文章唯争入首
须观完了去大忠孝皆在后头

只要依此联的教导看戏，没有看不懂的。襄汾县尉村戏台那副楹联不是告诉人如何看戏，是在告诉人如何看懂戏：

鉴古绳今有功世教
宣和奏雅以律人心

这楹联好是好，却像板着严肃的面孔在教化人，听的人屏声敛气，却难免昏昏欲睡，好在外侧联不再摆架子，顿时轻松了好多：

即景生情水月镜花皆妙悟
逢场作戏吴歌楚舞皆奇观

唱大戏的台大，联妙，多趣。那么，木偶戏台该是何联？洪洞城里原有木偶戏台，台联是：

真君子不敢出头露面
假人儿便能借口传言

真实，传神，还有些讽刺意味。戏台上的楹联让人百看不厌，百思方解，解其字，品其味，犹如孔子闻韶乐，美哉，美哉！

回眸看楼

看楼，是戏台派生的风景。

现代些说，看楼是保护妇女儿童权益的产物。之所以这么说，是因为看楼是专门给妇女儿童设置的。

设置看楼，是明代以后的事情。但此举却经过了很长时间的孕育。

自从神庙有了演出，看戏的就有了妇女。而从宋代以后，中国的性禁忌日益严重，男女间的设防成了封建统治者一件关乎道德存亡的大事。所以，不少地方禁止妇女看戏。到了晚清时期，京城还出过这样的布告：

同治八年己巳十一月甲申，上谕内阁，御史锡光奏请严禁五城等寺院演剧招摇妇女入庙，以端风化一折。寺院庵观，不准妇女进内烧香，例禁綦严，近来奉行不力……

从"奉行不力"可以看出，禁止妇女入庙看戏已不是一天两天的规定，可以说是屡禁难止。所以屡禁难止，是因为此禁有违人伦常情，妇女也有七情六欲，为何便不准她们娱乐赏戏？因而，禁令归禁令，妇女照看不误。这可难坏了地方官员。有位地方官执法颇严，决心要根治妇女看戏。但是，告示广贴，办法频出，无济于事。无奈之时，急生一计。一日戏散了，此官坐在庙门前不准女人出来。放走男人，公然说：

"汝辈来此，定是喜僧人耳。"

然后，命僧人将女人一个个抱出寺门。

顿时，这成为远近闻名的轶事。此官也在人们的痛骂中而被革职。

野火烧不尽，春风吹又生。妇女看戏的愿望如同原上草，生机勃发，难以遏制。既然不能遏止，就应有合理的考虑和设置。戏楼就这么应运而生了。

当然，戏楼的诞生不会这样轻而易举，也是煞费苦心的事情。妇女入寺庙看戏，不能男女混杂，僧俗不分，总得有个妥善的安置。戏台正对的妥善位置，或献殿，或看亭，那是官员富绅的专用席位。平民是无法享受此等礼遇的，妇女更不行了。这种隔离使众人和官绅产生了对立情绪，以前，我曾听说过这么一个故事。

一次汾城县唱大戏，县太爷落座刚稳，正待幕启开戏，就听有人喊："汾城县官不是人！"

县太爷一听腾身而起，怒目寻视，哪个小崽竟敢这等无理？正恼火，又听见：

"他是天上的一位神！"

一笑，落座。却又听喊：

"县长兄弟全是贼！"

县太爷又怒，又起立，复又落座，因为又有了下句：

"偷来仙桃敬母亲！"

这个玩笑开得过火，却表现了平民和官绅的严重对立。本来早该取消这样的特权专利，可惜官绅却依然陶醉其间，感觉良好。这样的位置，当然无法易位给妇女儿童。

总算有了合适的位置，这便是在戏台前两侧廊房增高二层，挑出廊厦，供妇女儿童观赏。如此，妇女既可入寺庙看戏，又避免了男女混杂，有伤风化的禁忌，实为两全其美的事体。

走进高平市王何村五龙庙，走进沁水县南阳村玉皇庙，走进壶关县真泽宫，走进临汾市尧陵，戏院两侧都有看楼，虽然有的已经残破，但仍然收藏着一段历史风情。

小　煞

支柱、基座、柱础、音壁、隔断、楣辞……

如同一粒沙，一滴水，一瓣花，走马观花，很可能忽略过去。下马观花，却意味深长，百看不厌。

古代戏台，是一座艺术的殿堂。每一个小部件，小饰物，都是精致的艺术品。

当今的建筑敢和这些戏台比一把艺术品位吗？不，不，不要这么宽泛的类比，就以当代戏台作比，哪一座也会在古物前抓襟露纫，无不汗颜。为什么？为什么社会在进步，戏台在退步？似乎说，退步并不确切，当今的戏台体量庞大了，功能扩充了，设施豪华了，气派自然不是古代戏台可以较量的。

可是，敢比文化含量吗？敢比艺术品位吗？

气派不等于气质，更不等于风度。

故意摆出来的气派，恰恰像暴发户在张扬自己的财富，硬想让人觉得他富贵。然而，这种显摆不仅难以收获富贵，反而适得其反，往往收获富贱。

富与贵没有必然联系，富与贱往往难以剥离。

戏台上也承载着富贵、富贱的道理。

古代戏台是富贵的典范，富贵到每一个细节，每一个部件，因为其中都大化着中华传统优秀文化。所谓大化，就是文而化之，不是堆砌，而是清水出芙蓉，天然去粉饰。

正是这清水出芙蓉般的天然容颜，博得我，博得无数世人的厚爱！

谢　幕

回眸一笑百媚生，这是白居易笔下的名句。

回眸未笑百媚生，这是我对古代戏台的评价。

古代戏台，没有嬉笑怒骂，可处处都能感到嬉笑怒骂；古代戏台，没有悲欢离合，可处处都能感受到悲欢离合。一个从戏剧时代走过来的人，走进网络时代，走进微信时代，依然能感受到当年戏剧的荣盛，戏剧的魅力不会消失，永远潜在于神魂里面。

然而，戏剧却在衰微，衰败。对着戏剧的晚景，我一次次感受到李煜那刻骨铭心的悲凉，问君能有几多愁，恰似一江春水向东流。向东流，戏剧的盛世不再，风光不再，在影视网络占据统治地位的年代，戏剧只能无奈地边缘化。戏剧的边缘化，留给戏台的除了冷落还是冷落。

世上有无数种衰败，每一种都是内在因素使然。唯有戏剧的衰败和戏剧自身似乎没有多大关联。戏剧的衰败，是时代外因所决定的，是内在因素无法改变，无法决定的。倘要追溯，那可就早了。早到了电的发明，早到一八七九年爱迪生燃亮世界上第一盏电灯。电灯的出现，将戏剧逐日推向峰巅，麦克风、扩音器、灯光布景，使戏剧在二十世纪八十年代达到了一个制高点。无限风光在险峰，险峰前面是绝境。或许就在戏剧趾高气扬时，电视已悄悄兴起，迅速占领了各家各户。足不出户就能享受比戏剧要真实无比的情感故事，剧场岂有不冷落的？冷落的何止是戏剧，曾几何时一度春风得意的影院也门可罗雀。即使今日，影院也没有复苏到原先的层次。影院还能回暖，是此一时，彼一时，热衷情感交流的青年要去影院追逐热血的沸点。剧院也是容纳广众的场所，为何风韵不再，是在人们疏离戏剧的十数年里，又一代人成长起来了。他们的童年、青年已没有戏剧文化的感染和积淀，只能欣赏紧随时代节律的影视，而对于里里外外古风古韵的戏剧却已陌生得水土不服了。

时代疏离了戏剧。

时代造就的人也疏离了戏剧。

戏剧似乎应该悲哀，其实不是戏剧悲哀，而是时代的悲哀。悲哀在我们失去的不只是戏剧，是古典，是传统，而是我们民族独有的古典传统风采。

我所以在本节的开头要用"回眸未笑百媚生"，就在于戏剧的风采是不朽的，戏剧的风姿是永恒的。评价中国文学，人们喜欢历数过往的亮点：汉赋、唐诗、宋词、元曲。元曲，不只是单篇的作品，大量的都跻身于戏剧里面。元曲之后，为何再无醒目亮点？是因为几百年间戏剧都充斥在国人的精神世界。人云，月无十日圆，花无百日红，戏剧已红火了上百年，数百年，够迷人够亮眼了吧！

何况，戏剧在建构国人的历史视野、道德伦理和文化传统上，发挥了任何艺术形式也无可比拟的主体作用。众所周知，戏台上的历史剧很多，戏剧历史不能等同于真实历史，但是，别说更远，民国时期多数国人的历史知识都来自于戏剧，甚至，他们以为戏剧历史就是活生生的历史。不少人认为《骂殿》就是真实的宋太祖和宋太宗兄弟的皇权交替，杨家戏里杨继业和潘仁美就有真实的历史人物的身影,《汾河湾》中射死儿子的薛仁贵也是史有其人……尽管这些经过艺术渲染的历史剧本与历史面貌差异很大,但是,由于其普及范围极广,而接受者都缺少应有的文化基础,所以将之混淆一起,不知不觉构建起自己的历史视窗。

戏剧承担的另一个功能就是传播道德伦理,几乎每一出戏,每一个戏剧故事,都在起着教化作用。戏剧故事里渗透着爱国,渗透着孝道,渗透着勤俭,渗透着忠诚,渗透着侠义,渗透着因果报应,以至于结局几乎无一例外的要对丑恶进行正义审判,使暴徒,使贪官,使奸商,沦为阶下囚,无常鬼。不仅是故事情节,唱词对白也会将道德内容直接讲述出来。"正人伦,传道统,有尧之君大哉;理纲常,训典谟,是孔之贤圣哉;邦反坫,树塞门,敢管之器小哉。整风俗、遗后人,立洪范、承先代,养情性、抱德怀才。"这《山神庙裴度还带》里的唱词,分明是我国数千年封建社会的核心价值观。戏剧如春风化雨,点点滴滴,飘飘洒洒,化育了一代一代尧舜传人。

至于戏剧对中国文化传统的建树,那真堪称功勋卓著。西方人重物质,中国人重精神;西方人重写实,中国人重写意。中国人的精神情结和艺术观念,在戏剧里展现得淋漓尽致,展现得形象感人。而且艺术手法以虚写实,以少代多,以慢喻快,最典型的代表是骑马行军。手里的马鞭,既是骏马,又是长鞭。一会儿置鞭于胯下,就是上马;一会儿挥动于手中,就是策马。赫赫战将身边只有四个兵卒,却喻示着百万雄兵。将军扬鞭策马,率领兵卒四人在戏台上来回转了几个圈,却表示千军万马走完了万里征程。这奇妙的艺术手法,在中外艺术史上无可非议地占据一绝的席位。

沉醉在古代戏台里,如饮陈酿老酒,杯杯可口,杯杯可心,不知不觉间醉得难以自拔。不能说是沉醉于戏剧天地,实际是只能领略一隅,仅此一隅,也醉得我飘飘欲仙。文章已经到了入相的尾声,本该来个利落的收场,偏偏醉得欲罢不能。我深觉遗憾,遗憾没能将古代戏台的全貌活画出来,未能将内在的风骨摹写出来。

古代戏台实在是太富有了，太丰饶了，不能再写了，再写一部书也只能是触及一鳞半爪。说是不写了，可止不住又要往下敲击。蓦然想起前年去阳泉市当地作者讲散文课，间隙，好客的东道主陪我看了几处古迹。先看马王庙，庙前有座戏台。再看新泉观，同样庙前有座戏台。最引人的是大阳泉村，村子不算很大，如今已经成为城中村。好在现代城市没有吞没古代村貌，古旧的村巷，古老的旧屋，崛然遗存。村子里原先竟有九座庙，现在还能看见两座，一座是广育祠，一座是龙王庙。当然，我不会为庙宇而陶醉，令我陶醉的是两座庙前，巍然落卧着两座戏台。看形制，应该是明末清初的建筑，所幸保存完好，古风犹存。看得我日影偏西，饭时已过，仍然不想离去。犹如此刻，说是不再写了，禁不住又敲下这些文字。

这一回，我是真要打住了。打住不再复现古代戏台，却打不住内心的那份深情。在我心里即使回眸不笑也依然还在百媚生，千媚生，万媚生。

我只能依依不舍地辞别古代戏台，并缓缓降下数月前开启的帷幕。

跋

昨日天气酷烈，在外行走日光腾着紫烟，似乎要把大地烤干。今日凉爽如秋，一场密集的大雨把阳光的威势冲击得渺无踪影。苍天有情，似乎知道动脑敲击辛劳疲惫，故意降下凉意，让我与《戏台春秋》从容告别。

真乃好雨知我心！

同每一本书一样，完稿时总是轻松的，兴奋的。春日，古耕先生来电话约我撰写此书，我正伏案忙碌家庭百年变迁的另一本书。书名至今还未定夺，现在还以《生命流》相称，旨在以爷爷人生的流程写出国家将近一个世纪的风雨历程。这是久有的心思，为此我搜集累积素材三十余年了。迟迟未动手，先是感到写作能力不足，再是感到文化准备不足，后来是感到思想高度不够，在把握诡谲世事上难以坐天观井。去年终于伏枥前行，不是因为已经准备成熟，而是花甲日深，古稀在望，再不操持精力可能不足。因而，躲进小楼成一统，不到杀青不抬头。敲击正酣，古耕先生打来电话，我不得不在写完第四卷暂时搁置，呼吸一下新鲜空气，走进这本书里。

所以忍痛割爱，还是为古耕先生的挚情感动。二十年前，他即关注到了我的散文写作，在《文艺报》上评论我的拙作。他执掌《海燕》杂志时，办成了全国散文的一块高地。我的文章陆续被他推出，拥有了大量的读者。如此真诚厚爱，自然无法辜负，所以，对他的信赖诚约我只能躬身前往。

对古代戏台我不算陌生。二〇〇四年，我受约为辽宁人民出版社撰写了《山西古戏台》一书。那一次，我驱车跑遍了大半个山西，不辞辛劳颠簸到大山褶皱里去寻访古旧的戏台。一次次兴奋和失望，一次次惊奇和忧伤，充斥了坎坷路程。起初，那些拙朴，甚而破败的建筑，都是冷冰冰的木石。可是，一个多月跑下来，或拙朴，或破败的戏台，都化作带有体温的面孔。我为之动容，为之动心，夜阑人静，我几乎听得见自己与之同命相怜的心跳，赶紧动笔，记录下这鲜活的情感，凝成了该书。

《山西古戏台》这本几近学术著作的图书出版，我没有当回事，自以为读者有限，难以起眼。没想到当年的《文艺报》会列入排行榜，更没有想到缘于此书，赵瑜先生推荐我参与中国历史文化名人传记工程，而且专家组让我担纲写作一代戏剧宗师关汉卿。如果说，寻访古戏台是我一次学习的机会，最多只能算是读小学和中学；那写作关汉卿就有点大学意味了，我不仅再次研读了中国戏剧史，还阅读了大量剧本，尤其是关汉卿的剧作。《感天动地·关汉卿传》出版时是二〇一四年，与古戏台那本书相距正好十年。我以为至此，我与戏剧的缘分可以告一段落，哪料时隔一年，三晋出版社约我撰写山西戏剧文物一书。我只能再度出发，观赏每一件戏剧文物，领略其携带的历史文化信息，并用这些信息还原当初的面貌。虽然此书由于是多卷本的合唱，至今未能面世，但是，写作前后获得的营养，让我饱享了一次研究生的待遇。

有了以上多次与戏剧，与戏台的耳鬓厮磨，得知我再度来写古代戏台的朋友，都说是驾轻就熟。这话确有道理，将原来的成品再一打磨，就会很快成文。这是最为轻省的路子，我何尝不想顺着这条捷径走下去。然而，一旦进入临战状态，我的心态一日数变，变来变去，总觉得每一种想法都不如意，尤其是不能贪图轻省坠入往日的囵圄。其原因在于，尽管鉴赏的还是那些戏台，运用的还是那些资料，思路却大不一样。原来的体式，像紧身衣一样束缚着思想的舞蹈。只能重新建构，只能重新书写，从古代戏台上放飞新的思绪，使之犹如大鹏展翅九万里，在历史的长空翱翔，在戏剧的天地翱翔。

如今，敲击完稿了。我不能说写得有多满意，至少我是努力做最好的自己，将自身的能量发挥到极致。

感谢古耜先生的引领，使我有缘撰写此书；感谢编辑的精心编校，使拙作再次面世；当然也要感谢中国言实出版社领导重视文化，才使古代戏台集束亮相于该书。

二○一八年六月二十五日　尘泥村